布老虎中篇小说

碎瓷

弋舟 著

北方联合出版传媒(集团)股份有限公司
春风文艺出版社
·沈阳·

图书在版编目（CIP）数据

碎瓷 / 弋舟著. —沈阳：春风文艺出版社，2018. 11
（布老虎中篇小说）
ISBN 978-7-5313-5549-6

Ⅰ. ①碎… Ⅱ. ①弋… Ⅲ. ①中篇小说—小说集—中国—当代 Ⅳ. ①I247.5

中国版本图书馆CIP数据核字（2018）第238763号

北方联合出版传媒（集团）股份有限公司
春风文艺出版社出版发行
http://www. chunfengwenyi. com
沈阳市和平区十一纬路25号 邮编：110003
辽宁奥美雅印刷有限公司印刷

责任编辑：姚宏越 责任校对：潘晓春
装帧设计：黄 宇 幅面尺寸：130mm×185mm
字 数：106千字 印 张：6
版 次：2018年11月第1版 印 次：2018年11月第1次
定 价：25.00元 书 号：ISBN 978-7-5313-5549-6

目录

李选的踟蹰

使君从南来，五马立踟蹰。

——汉乐府《陌上桑》

一

李选闲极无聊，在百度上敲下曾铖的名字。她想，叫这个名字的人不会太多，没准真的就被自己搜出来了。果然，搜索页面的第一页，就冒出来她这个阔别多年的小学同学。曾铖在成都，如今成了画家。这个信息让李选有点儿欣慰，好像曾铖的现状满足了她内心的某种预期。李选隐约觉得，这个曾铖，就该是个有出息的家伙。要不将近三十年了，自己为什么还会想起他呢？小时候的曾铖，在孩子堆儿里，就是那种风头十足的，显山露水的调皮和显山露水的聪明。李选点了百度的“图片”选项，如今的曾铖和他的画儿，出现在了显示器上。画儿是油画，李选看不出好坏；但通过照片，她看出来了——这个显示器上的“曾铖”，的确就是她要搜索的那个曾铖。这个曾铖，当然不是儿童时期的曾铖了，在显示器上挂着一丝中年男人玩味着什么的笑，但定睛看，眉眼还是小时候的模样。

曾铖做了画家，人在成都。后来在一次初中同学的聚会中，李选把这个信息告诉了雷铎。雷铎和曾铖上小学时是最好的朋友，小学毕业后上了不同的中学，从此就没了音讯。初中同学聚会，一开始很热闹，但热闹之余，也有些不尴不尬。毕竟，如今每个人的境遇千差万别，再也不复当年，大家完全是平等的。所以三三两两，在大的气氛下，又划出了一些小团体，各自找各自不感到别扭的人说话。李选和雷铎从小学起就是同学，这一点似乎成了两人互相“不感到别扭”的理由。在饭桌上两人挨着坐，雷铎随口问李选知不知道曾铖的下落。李选说知道——曾铖现在是一个画家，住在成都。

过去了一段日子，有天夜里雷铎给李选打电话，高兴地说他联系上曾铖了，刚刚才跟曾铖通了电话。李选把儿子哄睡着没多久，正有些困，听了这话一下子也有些兴奋。雷铎告诉李选，他是通过网络找到曾铖的——在一家艺术网站，他查到了曾铖的QQ号。为了获取这个有价值的信息，他不厌其烦，在那家网站注册了会员，因为不如此，他就无法查看曾铖的资料。

“我在QQ上加他，没想到这小子立刻有了回音——用了不到三秒钟！”雷铎兴冲冲地说，“我们马上通了电话！真不容易，都快三十年了！怎么样，咱们上成都看曾铖去？今晚还有到成都的飞机没？”

李选看了下表，夜里十一点多了。“你神经吧？这么晚了。干吗问我还有没有飞机？”

雷铎说：“你不是在卖机票吗？上次聚会，你还叮咛我以后要买机票就找你。”

李选说：“我说过吗？”

雷铎肯定地说：“你说过！”

李选定定神说：“哦，那可能真是说过。不过我现在不卖机票了。”

雷铎说：“咦，你这人怎么朝三暮四的。”

李选怕他继续纠缠这个话题，说："怎么样，曾铖现在还好吧？"

好在雷铎的思维很跳跃，立刻又跟她说起曾铖来。"看来还不错，在大学任教，联系之前我做足了功课，在网上搜遍了跟他有关的信息。这小子如今貌似有些名气了，画儿好像也能卖上些价钱。"

李选问："那他还能记得咱们这些小学同学吗？"

雷铎说："当然。"

李选说："当然，他当然记得你，你们俩当年形影不离的，其他人就未必了。你跟他提我了没？"

雷铎说："提了，把你QQ号也告诉他了。"

李选说："他记得我不？"

雷铎如实说："他说不记得了——但是好好想想，没准就想起来了。"

李选有点儿失望。这感觉是很勉强。毕竟，大家分开快三十年了，曾铖不记得她，是完全可以理解的。但是她却记得曾铖。这就不公平了，让李选的自尊心有些受伤害。和雷铎通完电话，李选困意全消。本来她已经准备睡下了，这时候干脆又起来打开电脑。上了QQ，果然有申请加她好友的提示。曾铖在申请中言简意赅地敲着“老同学”三个字。李选通过了他的申请，刚刚加上，曾钺就给她发过来一个表示拥抱的图片。两个人通过网络聊起来。

李选说：“曾钺你不记得我了。”

曾钺说：“是有些模糊。不过呢，我刚刚进了你的空间，看到你照片了，仔细瞅瞅，就想起来了。”

李选说：“骗人吧？过去这么多年了，你能看张照片就想起小时候的同学？”

曾钺说：“如果事先不知道这是我小学同学，估计就想不起了。但是带着这个想法去辨认，还是能够认出来的。怎么说呢，记忆一下子就被唤醒了。何况，雷铎在电话里跟我说，你是咱们同学中变化最小的。”

李选说：“那你被唤醒什么了？”

曾钺说：“我记得是有这么个女生，黑黑的……”

李选说：“讨厌！”

曾钺说：“所以看了你现在的照片，我就很惊讶，这么一个漂亮女人，怎么在我记忆里居然没扎下根？”

李选说：“当然扎不下根，黑黑的嘛。”

曾钺说：“就是这个反差，让我都有些怀疑自己的记忆了。你现在显然不黑呀……”

李选说："那你还敢说看到照片就想起我了？"

曾铖说："这就是奇妙之处，换了个颜色，但反而更像我应该记住的那个女生了。"

李选问："什么叫'应该记住的'？"

曾铖说："这个倒不大说得清楚了，应该算是潜意识吧，莫名其妙，就觉得应该记住这么个人，然后，自己都不察觉，却在某一天突然恍悟——心里面原本有一张这样的底片。"

李选一下子有些无语，觉得曾铖说的这种感觉自己似乎能够体会。

曾铖问："雷铎说是你告诉他我在成都的，你怎么知道的呢？"

李选说："我在网上搜出来的。"

曾铖说："怎么会想起来搜我？"

李选说："心里面原本有一张这样的底片呗。"

曾铖说："不错。可能是到岁数了，大家突然都开始忆旧了。前段时间，李兰也是通过网络把我给找到了。李兰你还记得不？"

李选想了一下，说："记得，大眼睛，白，挺娇小的一个女生。"

曾铖说："对，是她。我们还见着了，她来成都办事儿，顺道聚了一下。"

李选倏忽有些不快，说："怎么样，这张底片还是当年娇小的样子吧？大眼睛，白。"

曾铖似乎在犹豫，过了一会儿才敲出"不好说"三个字。很奇怪，随着这三个字的出现，两人似乎都有些不知该说什么了。突然就有些意兴阑珊。这时候来了条短信，李选看了手机，是张立均发来的，也是只有三个字：睡了没。张立均难得在这个时候发短信过来，下午的时候他对李选说过，晚上要和省上的某位领导吃饭，李选想张立均现在可能是喝多了。于是回复他：正准备睡，已经上床了。你喝多了？结果却没了下文。李选望着电脑上的QQ界面，一瞬间茫然起来，心思浩渺，仿佛在进行着一场无比漫长的等待，而且，还要这么无比漫长地等待下去。网络那头的曾铖，这时候也仿佛蒸发在虚拟的世界里了。他的QQ头像灰了。李选呆愣着，有几分钟脑子里一片空白。回过些神，她想，张立均干吗发这条短信呢？嘘寒问暖？这不是张立均的风格。他从不会用这种方式来嘘寒问暖，而且，也几乎是不会用任何方式来嘘寒问暖的吧？张立均只是在公司里给李选提供一些优渥的待遇，薪水发得多些，职务升得高些——而这些，对于张立均而言，不过是易如反掌的事，跟“嘘寒问暖”似乎扯不上边儿，没有那种用心的程度。况且，这些优渥的待遇，仍旧需要李选用具体的业绩来兑现。一开始，张立均就把李选纳入了很正当的职场规矩里。这倒也让李选感到心安，心里少了那种“交易”的感觉。然而实质上，李选明白，自己和张立均之间，铜铜铁铁，就是一种交易的关系。否则，凭什么她的薪水就应当多些，职务就应当高些？是她的能力格外比别人强一些吗？李选有自知之明，她知道，不是。但张立均不去强调这种关系的本质，让她获得了掩耳盗铃式的安慰感。那么，这条深夜发来的短信，什么意思呢？——查岗？这个念头一蹦出来，李选自己都自嘲着笑了。不会的，她对自己说，张立均不会有这个兴致。交往半年多，张立均对于李选的私生活根本没有兴趣，李选作为一个单亲妈妈的所有烦恼和自由，都没有因为张立均而发生变化。甚至，在李选的感觉中，倒是有了这个男人，她的烦恼和自由反而更充分、更牢固了，成了雷打不动的烦恼和自由。烦恼就不用说了，自由呢，是因为张立均强势地存在着，用他的态度表明了——两个人各是各的事儿，我根本不管你做什么，由此，你也务必打消对于我的非分之想。这个结论挺凶狠的，李选一边享受这样的自由，一边消化个中的烦恼。对于张立均，她会有什么非分之想吗？八成是没有的，余下的那两成，是一个女人天性里的东西，也不用认真对待。当半年前被张立均带进酒店的客房时，李选就明白自己跟这个男人之间有多大的落差。这种落差不牵涉贵贱，是一种物理性质的，很客观，好比一个一米八的人相对于一个一米五的人。李选很自尊地想，作为一个人，她并不觉得张立均就比自己优越多少，他不过是个头儿高一些。张立均的个头儿体现在他的财富上。而我，李选想，不过是没钱，拉着个四岁的男孩，在年近不惑的时候还要为生存奋斗罢了。认清了这种落差，同时又不因此格外地自我轻视，李选觉得面对张立均时还是挺轻松的，不过是一个女人天性中的那“两成”偶尔会蹦出来作祟一下，让她像所有面对这种状况的女人一样，心生幽暗的踟蹰。这种滋味，真的是不好说。李选在这天夜里，不经意地想着，就在键盘上敲下了：怎么不好说？这个疑问更多是在针对自己。远在成都的曾铖好像已经下线了，显示器上的QQ界面在李选眼里像一面可以用来自我审视的镜子。她空洞地凝视着。想不到曾铖的头像突然又闪烁起来，应道，我总不能跟你说人家李兰现在已经面目全非了吧。

李选收拢心思，回顾了一下刚才两个人之间的对话，问他："怎么，李兰变化有这么大吗？"

曾铖没有回答，发过来一张女人的照片。照片上的女人白皙丰腴，因为有了前面的铺垫，李选一眼认出了这个曾经的女同学。"我觉得还好啊，还有当年的影子，大眼睛，白，就是胖了一些。"

曾铖说："何止'一些'？简直是胖到令人心碎。"

李选说："这么夸张？还令人心碎？就算人家胖了，你心碎什么？"

曾铖说："你想啊，曾经那么轻的一个女生，被岁月弄成了这么重，难道不令人心碎吗？而且，这种分量的改变是跟我们同步的，由此及彼，我们就看到了我们的不堪。"

李选在心里默念着"轻、重"，好像一下子掂量出了某种的确足以令人心碎的分量。"是啊，老了我们。可是你对人家的轻重也太在乎了吧？"

曾铖发过来一个表示"冷汗"的表情，说："我们小时候谈过恋爱呢。”

李选兴奋了，说：“真的假的？瞎说吧，那时候才多大？十二三岁吧，咱们毕业那会儿？”

曾铖说：“是咱们小学毕业后的事儿。我跟李兰上了同一所中学，但不在一个班。初中毕业那年，她参军走了。走之前，突然有一天跑到我家，跟我说她喜欢我……”

李选说：“哈！说反了吧，不是你跑到李兰家跟人家说你喜欢人家吧？”

曾铖说：“还真不是。我那时候是调皮点儿，但基本没长熟，多少有点儿稀里糊涂的。”

李选说：“想不到，李兰那时候看着挺单纯的。”

曾铖说：“是单纯，而且她这么做，还是因为单纯。多少年后我想明白了，那时候，她不过是因为要离家远行，心里突然多了很多忧愁，这种情绪又没有其他渠道可以排遣，再加上多少还有些懵懂地怀春，就假想了我这么一个对象吧。”

李选说：“那她怎么不去假想别人？”

曾铖说：“不知道。可能我们两家住的近吧。”

李选说：“跟你住的近的女生多了，我跟你住的也不远。”

曾铖说：“所以当年我开门看到李兰时，还想，咦，怎么不是李选？”

李选禁不住笑起来：“去你的，你那时候根本想不起我，我黑呗。后来呢？”

曾铖说：“后来她就当兵走了，好像去了甘肃的张掖，断断续续给我写过几封信，我都没回。再后来，就杳无音信了。”

李选说：“你干吗不回人家信？”

曾铖说：“那时候我也在自己的憔悴期，浑浑噩噩的，自顾不暇。”

李选问：“憔悴期？”

曾铖说：“青春期呗，可不就是憔悴期。”

李选突然不想就此说下去了，改口说：“找到你雷铎可兴奋了，打电话给我，立刻就要去看你的架势。”

曾铖答：“我也挺激动的。当年我们俩最好，不是我去他家睡，就是他到我家睡。我也正想怎么找到他呢。这下好了，联系上了，过些天我就回西安看你们。”

李选说：“别‘你们’，要看你也是看雷铎还有李兰吧，你又不记得我。”

曾铖只好“嘿嘿”，说：“总之西安我是经常回去的。我父母还在西安。”

李选追问一句：“联系到我你激动不？”

曾铖说：“激动！”

李选问：“激动啥？”

曾铖说：“雷铎在电话里告诉我，你嫁了个韩国人，出国生活了一段时间，现在离婚了，独自带着个男孩。”

李选一怔，心想这个雷铎怎么什么话都跟人说呢，抱怨道：“真是的，他嘴怎么这么大？我这点儿事就让你激动了？”

曾铖答：“也不全是为这点儿事。还是高兴，人到这岁数，找到任何小时候的伙伴，都会觉得有点儿山重水复的滋味吧。”

李选说：“你别尽‘这岁数’，别强调这个，我不想知道我有多老。”

曾铖说：“是，你照片上还是风华正茂的样子。”

李选随手敲出：“好看不？”这几个字蹦到显示器上，她立刻就有些后悔，好像自己是有些轻浮了。一瞬间，李选想到了自己的前夫。当年，在一次朋友的聚会中他们相识了，而她疯疯癫癫，也是对这个韩国男人冒出了一句同样的话——我好看不？就是这句话，成了那场婚姻的导火索。李选是双鱼座的，据说，这个星座的人外表与骨子里都风骚。李选并不觉得表里如一的风骚有什么不好，但现在她不想让曾铖对她产生这样的感觉。

曾铖回答得好像挺诚恳，他答："好看。真的。"

李选说："真什么，眼睛没李兰大，皮肤没李兰白。"

曾铖说："这些都不是我审美的指标，你要相信我的眼光。"

李选说："对了，忘了你是个画家了。"

其实，按照李选的性情，她多半是会追问：那么，以一个画家的审美，我好看在哪儿？但是她突然有些谴责自己的做派，很正经地继续说："我不爱把自己的事四处张扬，本来雷铎也不知道我离婚了，是有一个我们的中学同学，跟我关系比较好，我回国后，她张罗着给我介绍男朋友，说雷铎如今算是个富人了，身边的有钱人不少，撺掇着让雷铎给我物色一个。"

曾铖说："哈，雷铎给你物色上没？"

李选的情绪忽而消沉下去，感到困意又兜头蒙了上来。“都是玩笑，哪儿就真这么指望了。”

曾铖说：“就是，你哪儿用人帮你物色。你现在正是好时候。使君从南来，五马立踟蹰，该是坐等男人上门来追求你。”

李选复制了他的话，问：“使君从南来，五马立踟蹰——什么意思？”

曾铖说：“汉乐府中的诗，意思是说，男人从你家门口过，难掩心痒，徘徊不去。”

李选说：“去你的。扔掉书袋，我基本上算文盲。你呢，还好？”

曾铖说：“跟你差不多吧。”

李选说：“离了？”

曾铖说：“离了。”

李选在困倦中又是一阵没有来由的欣慰，好像曾铖的“跟你差不多吧”又满足了她内心的某种预期。李选隐约觉得，这个曾铖，就该是个也要离婚的家伙。

李选问：“孩子多大了，男孩女孩？”

曾铖说男孩，九岁了，接着他话锋一转，让人看不出是否在开玩笑：“你看李选，咱俩鳏寡孤独的，干脆凑一块儿过日子吧?”

李选说:“去你的。睡了。”

两人留了彼此的手机号码,互道晚安。关了电脑,李选又去洗了洗脸,她怕电脑的辐射会损害自己的肤色。上床在儿子身边躺下后,想起曾铖最后冒出的那句话,李选不禁失笑。

二

李选把儿子送到幼儿园,来到公司已经十点了。公司是集团刚刚为新业务成立的,她被张立均任命为副总,目前工作还没有全面展开,事情不是很多,所以在这个点数走进公司,也没有引起别人太大的关注。李选进了自己的办公室,冲了包速溶咖啡,打开了电脑。

昨晚李选睡得不好,早上起来,第一个念头就是抓起手机给张立均发了条短信:昨晚喝多了?然后她才去洗漱。把自己收拾停当,接着就是招呼儿子起床。李选的儿子叫金皓,很多人都劝她,干脆让儿子随她姓好了,但她觉得这完全没有必要。她觉得,相比反复无常的生活,孩子姓什么根本不算是个问题。保姆已经做好了早餐,儿子一如既往地不好好吃。李选耐着性子用小勺给儿子喂粥，注意力全集中在儿子的嘴上。张立均电话打过来的时候，她一下子有些反应不上来。

张立均说："怎么给我发这种短信？"

李选愣怔着，"这种短信……什么？"

张立均沉默了半晌，说："你没事吧？"

李选有了头绪，说："是你昨晚发短信过来了啊，回过去，又没了下文，所以就担心你是不是喝多了。"

张立均狐疑地问："我昨晚发你短信了？"

李选一惊："怎么？你不记得？"

张立均不作声，许久才说："下午见面说吧。"

说完他就挂机了。李选的手机还贴在脸上，一时间只是呆呆地看着儿子那张嗷嗷待哺的嘴。

电脑启动得有些慢，李选捧着马克杯，将转椅转向了窗外。公司在这栋写字楼的十九层，透过落地玻璃，李选可以看到环城立交桥上川流不息的车流。装在窗子里的外部世界在分秒不停地运转，这个屏幕中一样的画面让人有种戏剧性的徒劳感。办公桌离窗子有七八米的距离，阳光洒在橡木地板上，让这段距离显得分外空旷。李选喝了口咖啡，转回身子，在电脑上敲下"使君从南来，五马立踟蹰"。通过百度搜索，李选读到了那首《陌上桑》。这首诗语言浅近，李选不用费太多心思也差不多看懂了。诗里讲了一则采桑女罗敷拒绝官员引诱的故事。古代女子罗敷明艳高贵，不可方物，引得某位从门前路过的太守上前调戏。“使君自有妇，罗敷自有夫”，有趣的是，罗敷并没有义正词严地去驳斥对方，她用一种近乎兴高采烈的劲头，向引诱者夸耀自己的男人，说自己的男人不但官运亨通、家财万贯，而且肤白髯美，还是个漂亮人物。在李选看来，这更像是一则斗富的故事，罗敷用来抵挡诱惑的本钱，是杜撰出比诱惑者更有说服力的家底。不知为什么，李选觉得这个古代女子将自己的男人说得天花乱坠，完全是一种自我虚构。可这种虚张声势又显得俏皮可爱，远远胜过铿锵的道德说教。李选一边喝咖啡，一边想，如果一个女人，身后有着罗敷所形容出的那个夫君，她还会被这个世界所诱惑吗？当然不，起码被诱惑的概率会大大降低。但是，又有几个女人会摊上这样的夫君呢？罗敷就没有吧，李选想，这个古代女人其实是在自吹自擂，外强中干，用一个海市蜃楼一般的丈夫抵挡汹涌的试探。没准，那位凑上来的太守灰溜溜地一走开，罗敷进屋就会哭得上气不接下气吧？这样想着，忍俊不禁，李选嘴里的咖啡差点儿被呛出来。就在同一刻，泪水竟涌上了眼睛。两种截然不同的情绪混杂在一起，让她不能分辨自己的泪水究竟是因何而来。她记起半年前，当她从张立均身边醒来的那个早晨。酒店房间里那种特有的整肃与单调，即使隐匿在黑暗里，也让人有种超现实的感觉。她却很难将自己的感受比喻成一个梦，因为她清楚地知道，这一切正确凿地发生着。

QQ突然叫起来，是曾钺，他问候道："早。"

李选抽出张纸巾小心地吸干眼眶中的泪水，回道："不早了。"

曾钺说："我刚起床。"

李选说："你是艺术家，跟正常人有时差。"

曾钺不作声，李选以为他忙别的事去了，开始在电脑上浏览公司的业务报表。几分钟后，曾钺突如其来地冒出一句话："我不喜欢被区别出来，我没什么不正常。"

李选可以感觉到他语气中的不快，心想这也太小题大做了，不过是一句话而已。但连她也不明白，自己怎么就生出了一些歉意："怎么，生气啦？"

曾钺说："没有。我最不愿意被人强调成艺术家什么的。”

李选说：“好吧，算我没说。”

曾铖似乎是消了气，说：“干吗呢？”

李选挠挠头，心想这个家伙怎么显得有些理直气壮，更奇怪的是，自己对此居然不以为忤。她说：“现在吗？刚刚学习了《陌上桑》。”

曾铖说：“《陌上桑》？”

李选说：“对，使君从南来，五马立踟蹰。”

曾铖恍悟道：“哈！有什么心得？”

李选说：“没什么心得，倒是多了疑惑。”

曾铖问：“疑惑什么？”

李选说：“你说，那个使君在罗敷面前踟蹰的时候，罗敷心里有没有踟蹰呢？”

曾铖想了一阵，然后才答道：“我想是有的，而且可能踟蹰得更加凶猛。她的表现很夸张，竭力渲染自己有一个更棒的男人，其实心里可能很慌张，甚至是恐惧。”

李选说：“恐惧？”

曾铖说：“是，恐惧。小时候我常打架，这个你知道。有一次几个高年级的小子要揍我，我对他们叫嚣说，我哥可厉害了——你知道，我没哥。当时我就很恐惧，那心情，也许就是罗敷的心情。那种恐惧，比真的挨了顿揍都要强烈，因为随着我的叫嚣，我更清楚地认识到了外部力量的强大和我自身的卑微。”

李选说：“嗯，我想我能理解。我也觉得罗敷是在夸大其词。不过，这让她显得挺可爱的。”

曾铖说：“是啊，挺可爱的，张皇失措，无助，还要抵挡内心的魔鬼，只好给自己披挂上想象的铠甲。”

李选说：“她心中的魔鬼是什么呢？”

曾铖说：“简单讲，就是那种对于邪恶的向往和屈从，那种委身于诱惑的本能。这一点，我们人人都有。”

李选叹了口气：“曾铖你太悲观了吧。”

曾铖发过来一张鬼脸，说：“就是，我有时候自己都烦自己，总把一切往悲观去想。怎么样，睡了一晚上，我那个乐观的建议你考虑了没？”

李选问：“什么建议？”

曾铖说：“凑一块儿过日子咯。”

李选说：“去你的。”

曾铖说：“不是开玩笑，李选，你考虑一下，我现在要到你跟前踟蹰了。”

李选说："哈哈，你是使君？那我这个罗敷该怎么踟蹰才能抵挡你这个家伙？"

曾铖说："我不是使君，我没有那么威风。而且使君自有妇，罗敷自有夫，你我则鳏寡孤独。"

李选说："好像有点儿说服力。"

曾铖说："可不，所以李选你别踟蹰。"

李选突然觉得这个曾铖此刻是严肃的。这种感觉很微妙，尽管两个人是在虚拟的世界里交谈着，但李选总觉得曾铖就在眼前，甚至触手可及，他的表情，语气，乃至内心的态度，都可以被她觉察。

李选晃晃头，说："曾铖别开玩笑了。我现在伤不起。"

敲出这些字的时候，李选感到自己也是严肃的了，好像很自然，就对曾铖打开了心扉。

曾铖说："我没开玩笑。"

李选说："快三十年没见了，咱们差不多就是两个陌生人。"

曾铖说："你觉得咱们是两个陌生人吗？"

李选认真想了想，如实说："嗯，好像又不是……"

曾铖说："你看。我也觉得不是，这种事情不讲道理的，我就觉得可以跟这个李选相爱，在这个感觉上，我少有的乐观。”

李选吁了口气：“你也太容易爱了。”

曾铖说：“谁说的，我爱的不容易。况且，容易爱也不是一件羞耻的事。”

李选想这个曾铖的确跟正常人不一样，好像有些神经质——不过，似乎神经质的并不令人反感——反而还有些可爱？

曾铖又说：“我乐观一次不容易，你好好考虑啊，我下了，要出门办事儿。”

李选本来还想说下去，问问他“那你爱我什么啊”，现在只好飞快地打出“88”。

下午李选如期去了尔雅茶舍。这家茶舍和集团的总部在一个楼上，也是集团的产业，没指望赢利，几乎就是为张立均一个人开的。张立均每天下午三点钟都会去喝一个小时左右的茶。有时候他打电话给李选，让李选过去陪他坐一会儿。李选进去的时候张立均已经到了，偌大的一间雅室里堆满了他搜集来的瓶瓶罐罐，置身其间，即使穿着件颜色很艳丽的橘色毛衣，令他看起来也仿佛是刚刚出土的一样。午后的阳光很好，光线中能够看到飞舞的尘埃。茶已经泡好了。张立均的是六安瓜片。李选的是祁红——这是她第一次陪张立均喝茶时点的，从那以后，张立均就不再征求她的意见，按部就班，永远让她喝着祁红了。李选坐在张立均的对面，中间隔着一张花梨木的根雕茶台。张立均饮了口茶，眼睛盯着手中的白瓷茶杯，问她："下半月能走开吗？"李选说："应该可以，现在用的这个保姆还算不错。"张立均点点头道："那你准备一下，公司代理的新产品需要去学习相关的技术，你去趟上海吧。"李选说："好，我把家里安顿一下。"随后张立均就没话了，专心地品茶。李选也不作声，安静地喝着自己的祁红。

终于，张立均开口说："短信是怎么回事？"

李选说："昨天夜里我接到你一条短信。"

张立均说："我没有给你发短信。"

李选从包里摸出自己的手机，调出那条短信，将手机递了过去。张立均接在手里，扫了一眼，又递了回来。他问道："你怎么回的？"

李选用一种竭力死记硬背的态度复述道："正准备睡，已经上床了。你喝多了？"

她甚至有将标点符号也复述出来的冲动。

张立均说："喏，我没收到。起码现在我的手机上没有这条短信。"

他是什么意思呢？他说"现在"没有，是否意味着他并不否认"曾经"有过？李选默默想着这件事情的来龙去脉，结论是：张立均的那部手机昨夜的确给她发过一条短信，而且，也收到过她回复的短信。睡了没。正准备睡，已经上床了。你喝多了？但是，发送与接收这两条信息的人，不是张立均。而且，这个人之后删除了痕迹。这意味着，昨天夜里，张立均的手机一度在另一个人的手里。这个人，是谁？李选依然平静地喝着茶，但是内心分明有着电流经过一般的动荡。她垂着头，但感觉到了，对面的张立均正在观察她。

张立均打破了沉默："以后不要随便给我发短信。"

"随便"这个词听起来很刺耳。李选嗅着茶香，平静地说："我只是回了你的短信。"

张立均说："你应该看出来，那条短信不是我发的。"

他的口气很古怪，像是在着意强调什么，又像是某种启发。李选想，他要启发我什么呢？无外乎是要让我知道他的手机被某个人短暂地操控着吧，这是显而易见的，莫非，他是在启发我对那个人展开联想？那么，那是一个什么人呢？女人？他妻子？甚至一个杀手？李选不易觉察地笑了笑。这个神秘的人，为什么要用他的手机给我发送那样一条短信？试探吗？李选想，如果是试探，那么对方对于她也是没有定论的吧，不知道她是谁，但是已经有所怀疑……李选既有些微微的激动，又感到了某种叵测的不安。

李选吃力地、近乎呢喃般地问："那么，你知道是谁发的吗？"

张立均笑了一声，似乎是松了口气。但是他却没有回答李选，而是说起另外一个话题了："知道我第一次见到你时，是什么感觉吗？"

李选依然陷在前面的情绪里不能自拔，她漠然地摇摇头。

张立均把身子向后靠了下去，慢慢地说："当时你带着儿子，脸上显然有些浮肿，眼线没有画均匀，鞋子上也有泥巴。"

李选抬头看他。他背光坐着，身后是一面巨大的玻璃窗。窗外的天空一片瓦蓝。当李选视觉的焦点向他的脸上聚拢时，仿佛立刻被一个黑洞吞噬了。她看不清他。

张立均顿了一下，接着说：“我当时在想，是什么人，是谁，把这个女人弄成这样了。”

李选感到自己战栗起来。强烈的羞辱感让她感到了痛苦。她觉得眼前这个男人在羞辱她。那时候她在朋友的旅行社上班，朋友很细致，考虑到她的处境，只让她做些销售机票的轻松活儿，而且还允许她天天带着儿子去工作。

李选说：“你觉得我很丑吧……”

张立均说：“不是丑，是憔悴。”

李选下意识重复一句“憔悴”，她想起了曾铖的话——憔悴期。曾铖用这个词指称青春期，李选想，半年前那个“憔悴”的自己，却绝不是在青春期里——刚刚办理完离婚手续，因为是跨国婚姻，手续烦琐无比，她不得不往韩国飞了几个来回；只身带着儿子住在父亲家里，几乎天天要和父亲弄出些不愉快，以致父亲突然离家出走了……

李选说：“对于一个女人，憔悴就意味着丑。”

张立均纠正道：“不是，对于一个漂亮女人，憔悴意味着美。”

李选笑笑："那我是瞎猫碰着死耗子了——我并不是故意要憔悴给你看。"

张立均说："我知道，憔悴这种样子是装不出来的。"

当初去见张立均，李选完全是为了缓和自己与父亲的关系。她父亲离职前是市政公司的领导，张立均事业起步之初主要和市政公司做生意，得到过李选父亲的照应。父亲让李选去张立均的公司就职，李选自己不大情愿。她觉得在朋友的旅行社卖卖机票，凑合着，也能过下去。那时候的李选，几乎已经接受了人生"憔悴"的基调。但父亲看不得她就这么"憔悴"下去，要她积极起来。从小李选和父亲之间的关系就很紧张，她母亲身体不好，李选的情感更多寄托在母亲身上。李选三十岁的时候，母亲去世了，父亲有意再娶，性格倔强的李选就成了障碍——这也成为李选远嫁韩国的潜在原因之一。她要离开自己的家，给父亲腾出重新生活的空间。本来这个认识并不是格外强烈，但是她又回来了，带着个儿子，一副"憔悴"的样子，这让她不免要将自己的遭遇部分地归咎于父亲。于是，父女俩的关系更是水火难容。李选去了韩国，她父亲倒是没有再娶，只和那位心仪的妇女常年保持着关系，李选回来了，父女俩实在处不下去，做父亲的干脆离家出走，拎了几件换洗的衣服搬到那位妇女家住。可是没过多久，父亲又拎着自己的衣服回来了——暴躁的脾气让他跟谁都难以长期和平共处。好像是给自己去而复归开出的一个条件，父亲气哼哼地要求李选到张立均的公司就职，他说，你看你现在成什么样子了！父亲说这话的时候，李选正绕着儿子拖地，儿子坐在卫生间外面的地板上堆积木，周围一圈面包屑。李选闻言抬头，在卫生间的镜子里看到“成什么样子了”的自己。披头散发，眼袋像盛着两枚枣核。她决定在这件事情上不再拂逆父亲。父亲拎着换洗衣服流窜一样地乱跑，也让她心有戚戚。她打算起码去见一下张立均。于是，李选带着儿子去了张立均的办公室，“憔悴”地站在了张立均的面前。

孰料这副样子却打动了张立均。也许张立均见惯了容光焕发的女人吧？李选思忖，张立均说这些话是什么意思呢？这个男人很少说这些话。半年多来，她只被他带到酒店去过三次。陪他在午后喝茶，经常也是无声无息的，不过偶尔说几句有关公司业务的事。这在很大程度上让李选已经仅仅将这个男人视为了自己的老板。

手机响了一下，进来一条短信。李选翻看，是曾铖发来的：在干吗？她回：喝茶。曾铖问：和男的吧？她回：嗯，一个公司同事。即便没有抬头，李选也能感觉到张立均质疑的目光。

她扬一下手机，说："一个老同学。"

张立均"噢"一下，问："大学同学？"

李选说："不是，你忘了，我没读过大学。是小学同学。"

张立均皱眉道："小学同学？那都多少年前的事了，你们居然还保持着联系？"

李选用一种连自己都有些惊讶的兴奋语气说道："二十七年前了，昨天才联系上，他现在是个画家，好像还有些名气。"

李选感到有些上不来气，那种急于要表明什么的情绪，让她显得有些气喘吁吁。

张立均说："男的？"

李选用力点了点头。不知为什么，能够当着张立均的面说起曾铖，这让她觉得瞬间平添了一些底气。

晚上吃过饭，儿子拿着李选的手机玩游戏，李选上网和曾铖说起了自己的感受。她问曾铖，是不是当女人对某个男人说起另外一个男人时，都会变得有力起来——就好比罗敷一样？曾铖似乎在忙别的，隔了半天才心不在焉地回道：什么意思？李选挺失望的，说没什么。曾铖就不说话了，但QQ头像一直亮着。李选在网上看起电视剧来，看的是《北京爱情故事》。这部电视剧最近热播，李选中午在办公室休息，为了将自己哄瞌睡，会有一眼没一眼地看看。但是这天晚上她却被这部电视剧吸引了。她觉得剧中的男主角有些像曾铖。从网上搜出曾铖的照片，两相对比，越看越像。这让李选对剧情都专注起来。剧中那个像曾铖的男主角，是一个典型的多情男人，李选觉得连这一点也跟曾铖颇为相似。对于现在的曾铖，她了解多少呢？其实对于过去的曾铖她也所知无多，那时候大家不过是一群儿童，谈不上有什么值得被人去了解的东西。但是李选就是觉得曾铖这样的男人肯定不省油。支持她这个判断的是，曾铖刚刚跟她搭上话，就发出了“凑一块儿过日子吧”这样的呼吁。李选想，曾铖多半也是有口无心，但这样张口就来，还是挺说明问题的。正在想，曾铖在QQ上开始说话了：“那么李选，下午你告诉我你跟男同事在一起喝茶，变得有力了没？”

李选半天没回过神。她没有料到曾铖会这样想，半开玩笑道："有力了，不过是我跟男同事提起你时，一下子突然感觉自己有了力量。"

李选似乎听到了曾铖发出的一声窃笑，他说："明白了，你这个男同事在引诱你。"

李选心中一紧。张立均需要引诱她吗？——客观地说，他已经得手了。莫非，自己在潜意识中有着这种感觉/盼望？李选无法理清。但她还是为曾铖的敏感感到吃惊。

李选说："讨厌。别胡说。"

曾铖说："女人只有无力面对男人诱惑的时候，才拿另一个男人给自己打气。也成，能被你用来抵抗魔鬼，也是我的荣幸。"

魔鬼？李选想，张立均不是魔鬼，没有那么凶恶，不如说是自己心里有一个魔鬼。这个魔鬼的形象她却刻画不出来，只是阴影绰绰，能够看到一丝阴影。

曾铖说："还有另一种可能，女人在试图勾起男人兴趣的时候，也会故意说起其他男人。"

李选怔了怔："为什么？"

曾铖说："激起男人的妒意吧，起码是在释放某种信号——喏，我身边不乏男人。”

曾铖的犀利让李选有些难以适应。李选感到自己心里的那个魔鬼渐渐被曾铖勾勒出来了。即使曾铖看不到，李选的脸上依然尽量做出面不改色的样子，她问：“这么做有用吗？”

曾铖说：“多半有用。在这个意义上，我想，罗敷给太守吹嘘她的男人，没准是在反过来勾引太守呢。”

李选说：“可太守吓跑了。”

曾铖打着哈哈说：“古代人民太朴实啊，罗敷失算了。”

李选眉头蹙起来了，说：“曾铖你这人没正形，挺美好的一个女子，倒被你这么歪曲。不带这样的。”

曾铖说：“我承认，这么猜测是挺阴暗的，但这就是人性。李选你觉得我是在信口开河？”

李选迟疑着：“你好像说的也有点儿道理。”

曾铖说：“你看。所以呢，如果基于刺激对方的需要，女人在男人面前搬出另一个男人的时候，要慎重，现代人民没准也有朴实的，结果反而会被吓跑。”

李选说：“那你朴实不？”

曾铖说：“朴实，我基本上是个古代人民。所以李选你别告诉我你背后还有个男人，我会被吓跑的。”

李选说：“别把自己说的那么脆弱。反倒是你这样的，容易把女人吓跑。”

曾铖说：“我这样的？”

李选说：“是，太多情，太会分析女人的心思。”

曾铖说：“一个男人，多情，会分析女人心思，难道反而是坏事？”

李选说：“我也说不好，但是这种男人，让人有点儿害怕。”

本来李选的态度是有些调侃的，但说着说着，心里却真的感到了某种惧意。手机响了，短信。这种状况以前遇到过，儿子停下正在玩的游戏，很懂事地过来把手机塞给李选。李选木然地看着短信的内容：睡了没。她在踟蹰，该不该回这条短信？不出所料的话，这条短信依然不是张立均发来的，但转瞬李选就回了过去：没呢，在跟同学聊天。她将这几个字发送出去，是种恶狠狠的态度。李选在想象这个莫须有的对方——她（没错，她！）深夜的时刻在张立均的身边，背着张立均使用张立均的手机，目的不过是想刺探出一些什么。但是，“她”为什么选中了我？李选想，张立均的手机一定储存着大量的号码，这个人为什么偏偏选中我？从名字上看，李选这个名字几乎就是中性的，很容易隐藏在海量的信息里。难道，在张立均的手机中，对于李选会有着格外不一样的标记？或者，张立均对“她”讲起过李选，并且格外令“她”不能释怀？这么胡思乱想着，李选的心情随之变得复杂。在李选的心里，从没有条分缕析地去梳理过自己和张立均之间的关系。他们之间那种物理意义上的落差，让李选难以将自己和张立均联系起来。在李选的世界里，张立均这个男人没有可以去幻想的余地。但是，这个“她”却强迫李选展开了曲折的想象。直觉告诉李选：“她”一定不是张立均的妻子，却能够在深夜常常伴在张立均的身边；张立均和“她”非常亲密，否则“她”没有摆弄张立均手机的机会。此刻，张立均在做什么？酣然入眠，还是正在冲澡？“她”是什么心态？……李选似乎可以看到这样的一幕了：卫生间里传来哗哗的水声，一个女人用两只手（是的，两只手）握着手机，飞快地发送着短信，她时而转头看一眼身后，此刻任何风吹草动都会令她魂飞魄散，她紧张而又疯狂，也许还满怀着惆怅……

李选觉得自己的心被揪紧了。她几乎喘不上气。

儿子响亮地叫："你发完没，我要玩悟空蹦蹦蹦！"

李选呆呆地将手机递给儿子。她确信，今夜不会再有这种短信发过来了。

曾铖在QQ上说了许多：女人一边抱怨男人无情、不懂她们的心思，一边又会对男人的多情和洞识感到害怕。说到底，是这个世界太幽暗，而人性中有着许多与生俱来的恐惧。我们最难面对的，其实只是我们自己。有时候，把一切简单化，靠着直觉来驱使自己，反而是好的。我们自以为已经被训练得理智而又冷静，面对任何心中向往的事物，往往摆出一副存疑的态度，然而谁都应该承认，即便我们如此显得像一只老狐狸了，世界也并没有给我们开辟出一条坦途。怎么不说话？睡着了吧？算了，我也下了，画画去。

李选这才惊醒，原来不知不觉自己发了这么长时间的呆。喋喋不休的曾铖遭到了冷落。李选似乎能够感到遥远的曾铖因此而生出的沮丧。她木然地读着曾铖的这些话，缓慢地打着字：抱歉。儿子闹，陪他玩了会儿悟空蹦蹦蹦。

李选觉得这几个字耗尽了她最后的一丝力气。她知道曾铖也不会再回复什么了。他走了，画画去了。在这个夜里，曾铖和“她”都不再会和自己发生联系——这个念头突然令李选感到了孤独。

三

一连几天曾铖都没有在网上出现。李选动过给他发条短信的念头，但想想又算了。毕竟，大家只是分开了将近三十年的小学同学。李选在中午休息的时候看《北京爱情故事》，好像得了强迫症，看着剧中的男主角，李选就觉得是在看曾铖。连带着，虚构的剧情也仿佛成了现实的翻版。李选知道这有点儿可笑，但还是热衷将曾铖和电视剧联系在一起，好像她看着的，就是曾铖的生活，曾铖的情感。李选觉得挺有意思的。

那种深夜突袭式的神秘短信没再出现。对此，李选跟张立均只字不提，张立均也没有询问过她。但是，面对张立均时，李选的心情发生了微妙的变化。以前李选把张立均看成是一个无关痛痒的人，她从他那里受益，但并不感到出卖了什么。张立均所做的都在分寸和尺度里，索取了，就给出回报，但索取得不贪婪，回报得也不奢侈。不谈情，他们不谈情。不谈情，一切好像就自然了，如同物质世界的定律，里面不掺杂多余的评判。

但是“神秘短信”激活了李选的心思。它似乎强调出了李选的地位，让李选在张立均的世界中变得重要起来——张立均身边的女人将李选视为了潜在的对手。一旦这么想，身不由己，看待张立均时，李选的目光就迷离了，不再像之前那么简单。她有些好奇，想象会是怎样一个女人，在深夜还伴在张立均的左右。这种好奇如果强烈起来，李选心里还会有些不适。那是一种难以言表的感触，李选无法准确把握，姑且就用“不适”来感知。在这种“不适”中，李选发现自己竟是在乎张立均的。按理说，李选也应该在乎张立均。半年前，李选“成什么样子了”，“憔悴”，几乎接受了自己的人生大势已去。半年多的时间下来，潜移默化，她换了副样子。现在的李选，算是公司的高管，薪水足以让自己和儿子过得不错；心情平静下来，和父亲也不再是剑拔弩张；闲极无聊的时候，还生出百度小学同学的逸致。这一切，都是张立均提供的。没有张立均，也许李选在某一天也会振作起来，但对于李选来说，难度一定不小。李选只读过专科，因为家境还算不错，从小也没有养成努力奋斗的精神，而且自尊心又很强，这样的一个女人，眼看四十岁了，突然要想焕然一新地生活，谁都知道该有多难。李选不是没有自我分析过，所以半年前她才那么消极。但是，渐渐活出了积极时，她却没有认真分析一下这种局面的可贵。由此，李选也没有去思考张立均对她的重要性。也许，她是在潜意识里拒绝这样的思考——太看重张立均，她的弱势就会被放大，羞耻感会随之而来，“交易”就真的成了“交易”。“神秘短信”让李选将注意力转向了张立均，混沌有了秩序，那种生活必然的严峻性突然被她再次感受到了。原来一切还是这么岌岌可危。奇怪的是，与此同时，李选一边有些惆怅，一边又觉得自己似乎得到了某种启发，可以让她向前再跨出一步，从张立均那里谋求更多的东西。至于那是些什么东西，李选一下子也想不通。但是她似乎觉得自己也长高了些，就好比从一米五长到了一米七，能够对于一米八的张立均伸张些什么了。

在这种情绪下，李选第一次拒绝了张立均的要求。这天张立均给李选打电话，让她下午去茶舍喝茶。这本来是司空见惯的事，好像公司里的一项制度，没有多少讨价还价的可能。以前李选接到电话，也像落实工作一样地去照办。但是这天她却问道：“有什么事吗?”张立均显然没有想到她会这么问，讪讪地说：“没什么事。”

李选说："那我就不过去了，下午儿子的幼儿园要开家长会。"张立均沉默了一会儿说："算了。"通完话，李选一阵没来由的兴奋。其实幼儿园下午并不开家长会，李选很惊讶自己怎么会这样，但"拒绝了张立均"这个事实，让她感到有些得意，仿佛在身高上又长了几毫米。下午的时候，为了掩人耳目，李选从公司出来了，她怕万一被张立均掌握了她的行踪。出了公司，一时间又没地方可去，李选干脆找了间咖啡馆，坐在临街的窗子前，一边喝咖啡，一边用随身带着的平板电脑看《北京爱情故事》。接连看了两集，手机里接到一条张立均的短信：在干吗？李选抬头看看窗外，大白天，冬日的太阳明亮如洗。她不能确定这条短信和深夜而至的短信有什么区别。李选把手机举在眼前，眯起眼睛端详，踟蹰再三，回道：在给儿子开家长会，有事吗？

半个月后，集团安排李选去上海接受新产品的代理培训。这件事张立均给她交代过。出发前两天，李选向公司请了假，做些出门的准备，安顿一下家里的事。她父亲最近身体有些不舒服，总是说胃里难受。李选想可能是人老了，消化能力在降低，叮咛保姆多做些粥，自己又去了超市，准备买些豆子、燕麦这些煮粥用的配料。在超市里，李选接到了曾铖的电话。

曾铖说："李选我今天到西安。"

这段时间没联系，李选一下子觉得和曾铖有些生疏。她说："啊？回来看父母吗？"

曾铖说："不是，要到北京办画展，从西安转机，就住一个晚上。"

卖过机票的经历让李选立刻听出了问题："成都到北京不需要转机呀。"

曾铖叹口气，说："唉，你怎么一点儿也不解风情，好吧，这是个借口。"

李选说："干吗要找借口啊？"

曾铖说："可不就是为了看看你，又不好意思说嘛！"

李选笑起来，说："好吧好吧，落地给我电话，我请你吃饭。"

曾铖说："李选你的声音有点儿沙哑。"

李选说："不好听？"

曾铖说："不是，挺有特点的。"

挂了电话，李选才意识到这是自己与曾铖之间跨越了将近三十年后的对话，之前通过网络，总有些虚拟的隔膜，好像还不太真切。但是这下听到声音了。李选觉得奇怪，感觉自己和曾铖好像根本没有经历那么多年的分别。超市在地下室，信号不是太好，曾铖的声音有些断续，这种声音，既让李选觉得似是而非，又让她觉得理所应当。回到家里，李选帮着保姆做家务，忍不住问道："我的声音听起来是不是不好听，有点儿沙哑？"保姆说她听不来。李选承认，自己心里对曾铖有兴趣，感情有理智根本无法理解的理由，夸张一些说，这种理智根本无法理解的理由，绵延了将近三十年之久——那就是从孩提时代起，对于一个人的好感。现在的李选，对于现在的曾铖充满了好奇。在网上说话是一回事，面对面说话又是另一回事了。那会是怎样的一种局面？会尴尬和冷场吗？曾铖会怎样看她——她现在好看不？这种忐忑的滋味，李选内心很长时间没有体会过了。

中午吃饭的时候，张立均发短信给她，问：家里都安顿好了？李选分析这条短信的内容，认为应该是出自张立均之手，回道：安顿好了。张立均又回复过来：晚上一起吃饭。李选犹豫了，好像许久都不曾面对过这么让人左右为难的选择。她已经拒绝过一次张立均，再次拒绝他，事情的性质好像就变了。毕竟，张立均是她目前安适生活的提供者，虽然他并不强调这一点。甚至，单从老板与雇员之间的关系来理解，有几个人会这么不给老板面子？然而晚上曾铖就到西安了。成都距离西安挺近的，飞过来不过个把小时，可是在李选的情绪中，曾铖却是飞了将近三十年。那个飞了将近三十年的曾铖，就要落地了。这么权衡着，时光的砝码立刻让李选心中的天平倾斜了。她给张立均回道：真不巧，晚上有个同学从外地回西安，已经约好见面了。她以为按照张立均的做派，是不会再发短信过来的，不料张立均的短信接踵而至：同学？那个画画的？李选有点儿吃惊，想起是自己跟张立均提过曾铖，就更吃惊了。她没有想到张立均会把这件事记住。所以，李选回复起来就感到了艰难，一个“是”字，过了半天，才被她鼓足力气发送了出去。

整个下午李选的情绪都很焦灼。她感到有些对不起张立均。这种情绪以前是不可想象的。李选从来不觉得自己欠张立均什么，两人之间，不过是经历着这个世界已经约定俗成的那部分规则。同时，“对不起张立均”这个感觉，又让她有些高兴。李选躺在床上，闭着眼睛想：自己拒绝了张立均，如果张立均没什么不快，那么自己就没什么对不起他的；如果他不快了，只说明他对她在意……那么，自己究竟想不想让张立均在意呢？这个问题把李选难住了，她睁开眼睛，定定地看着天花板上繁复的石膏花饰——那不是李选的趣味。房子是父亲的，装修风格完全体现着父亲落伍的审美。此刻，这个事实通过天花板上的石膏花饰反映了出来，令李选的内心更加纠结。她想到自己已经快四十岁了，没有自己的家，单身带着一个年幼的儿子，今后怎么办呢？对于未来的眺望，更多时候李选是刻意避免的，她怕自己会把自己眺望得不寒而栗。抛开不切实际的幻想，李选知道，目前拯救自己的唯一方法就是——更加严格地去遵守世界已经约定俗成的那部分规则。而张立均，以一种一米八的姿态，站在那些规则的里面。

我现在就是不守规则。李选给自己下着结论。她把自己的这种任性，归咎于曾铖的出现。李选想，是曾铖让她变得有些不切实际了，想想吧，为一个将近三十年未见过面的小学同学，去慢待自己眼下生活中的一个重要角色！这么想着，李选就对曾铖有了些无端的埋怨，好像真的为曾铖破釜沉舟了似的。

曾铖到了晚上七点多钟还没有消息。李选在家等了大半天，渐渐等出了疲惫和气馁。在这大半天里，她心神不宁，瞻前顾后，时而兴奋时而惴惴不安，一度像是回到了自己的少女时代。情绪波动太大，最后就格外厌倦。实在等不下去了，李选给曾铖发短信：到了没？过了半天，曾铖电话打过来了，用一种没睡醒的音调说，李选我早到了，昨晚一宿没睡，困得要命，想先在酒店睡一会儿，没想到睡死过去了。李选既好笑又好气，问他："怎么跑到酒店睡去了，干吗不回你父母家？"曾铖说："这次回来就是为了见你，明天一早就得走，不想回家了。"李选听他这么说，心里的气就消了，问他酒店的位置，他说"你等等"，可能是跑去看酒店的资料了，过了一会儿给李选报出了店名和具体位置。出门前李选又照了照镜子，确信自己目前样子还好，并不"憔悴"。儿子已经被保姆从幼儿园接回来了，看到她对镜顾盼，说："妈妈你要去约会吧？"现在的小孩电视剧看得多，懂得不少生活中的桥段。李选摸下儿子的头，故作神秘地挤了挤眼睛。

由于就要去上海，李选的车放在公司楼下没有开回来，她打了车往曾铖住的酒店去。车很难打，李选在路边站了有半个多小时。天上飘起了夹着雪粒的雨丝，夜色中的城市一下子显得有些凄凉。进入主城区，却是另一番景象，人头攒动，车流如织，比平常热闹很多。李选恍然想起，原来今天是平安夜。商铺门前的圣诞树流光溢彩，反射在雨雪淋湿了的路面上。李选看着窗外，心情变得有些恍惚。她感觉世界突然变得很寂静，自己好像无声地穿行在一条时光隧道之中，是在向着自己的童年回溯。到了曾铖住的酒店，李选坐在大堂的沙发里给曾铖发短信：我到了。她想曾铖会闻讯下楼，不想曾铖把自己的房间号发给了她。李选乘上电梯，心里有些紊乱。这时候她想起的是张立均。集团常年在市内的多家酒店留有客房，其中有一套是专供张立均使用的，李选被张立均带到这套客房去了几次。第一次被张立均带到酒店，李选的心里多少有些抵触和排斥，但不是很强烈，其后几次内心就很平静了。但是现在，置身一家酒店的电梯里，李选突然有了心理障碍。她发现，原来自己这么憎恶这种“酒店式的”逻辑。曾铖似乎现在就在这种“酒店式的”逻辑里，他要干吗？

房间找到了，李选摁门铃。里面一阵踢里趿拉的脚步声，曾铖跑着来开了门，睡眼惺忪地把李选让了进去。他上身穿着件咖色的长袖T恤，一边系裤子一边对李选说："你先坐，我去洗把脸。"李选说："还在睡呢！"曾铖嗯嗯着，转身进了卫生间。一切就是如此自然，没有丝毫的局促，很熟络，仿佛将近三十年来，李选天天都这样惊扰着曾铖的美梦。卫生间响起哗哗的水声，曾铖在响亮地擤着鼻涕。李选没有坐，站在这间酒店的客房里，心神更加恍惚了。她看到了曾铖的行李，一只拉杆皮箱平躺在地上，打开着，最上面是一双没有撕开包装的袜子，几本艺术杂志，下面是一件叠得很平展的衬衫。不知出于怎样的心情，李选突然很想看看这只皮箱里所有的内容，仿佛那里装着曾铖所有的秘密。她有些激动，又有些不安，回头看了看卫生间的门，毫无理由，只在一瞬间就为自己的这个念头而动情起来。

曾铖从卫生间出来了。他洗了脸，却没有擦，脸上水淋淋的，径直从李选的身边走过去。原来他的洗漱包放在床头柜上，他过去翻出自己的毛巾，很用力地擦着脸。就这么一个照面，李选便将如今的曾铖一览无余了。曾铖留着极短的头发，那张脸比小时候的线条清晰了，有了棱角，显得十分年轻，总体上可以说是英俊。李选看着曾铖的背影，很瘦，个头儿似乎要比她想象中的矮。但这不足以让她觉得意外，仿佛某些与预计中的偏差，也在她的预计之内。这就是李选认为的曾铖，即使令人大吃一惊，也好像大吃一惊得分毫不差。总之，她不觉得他陌生。曾铖回头了，向着她笑，说：“怎么样李选，还认得吧？”

李选说：“认得。我呢，你还认得吗？”

曾铖看着她。李选有些紧张。她也在迫切等待眼前这个男人的确认，有种等待被鉴定的心情。好像曾铖将要做出的这份鉴定，就是对于她这个女人几十年来被岁月淘洗之后的盖棺定论。

曾铖说：“李选你没变，雷铎说得不错，你变化很小。”

他回答得轻描淡写，李选有些失落。

曾铖套上一件高领毛衫，穿上羽绒外套，说：“咱们吃饭去。”

李选跟在他身后，出了房间，进到电梯里，突然感到挺无聊的。但是此刻的情势似乎对两个人都有所要求，那就是，他们必须都打起精神。

李选热情地问曾铖：“你想吃什么？”

曾铖说：“吃什么都好，我无所谓，就是想跟你见一面。”

李选说：“没跟雷铎联系？”

曾铖说：“没有。这次就为见你。春节回来，再好好会会雷铎。”

李选高兴了一点儿，说：“真的就为见我？”

曾铖说：“当然。不过呢，也的确是要在西安落下脚，有个朋友托我捎些东西去北京。”

李选于是立刻又觉得无聊了。

出了酒店，“吃什么”又成了问题。旁边有家火锅店，曾铖提议说：“咱们就火锅吧？”

李选说行。这时候她在问自己，自己拒绝了张立均，焦虑了大半天，就是为了吃一顿火锅吗？那么，不为了吃顿火锅，又为了什么？李选想不清楚。这家火锅店里人不是很多，他们找了相对偏僻的角落坐下。点菜，要茶，非常乏味。当锅里的汤沸腾起来时，隔着氤氲的水汽，曾铖说：“李选我没想到你这么漂亮。”

李选说：“别蒙我，恐怕是有点儿失望吧。”

曾铖举起啤酒和她碰一下，说：“没有，倒是做了失望的准备，毕竟快三十年了，这么长时间，够得上让物种进化一遍了，当然，也够得上让人变成猴子。”

李选想起曾铖说到过的李兰，心想这个曾铖够刻薄。她问："回来没联系李兰？"

曾铖说："没有，我说了，这趟主要是冲你来的。"

尽管李选不是太相信曾铖的说辞，但他这样一再强调，好像就有些可信了。李选渐渐有了兴致。"说说吧，你跟你这位初恋女友多年后重逢的滋味。"

曾铖说："不是初恋，对我不是，可能对她也不是。没有那种浓度，就是个儿戏。"

李选说："你这么说，李兰知道该多难受。"

曾铖说："我对她也是这么说的。但这并不表示我轻视当年的那件事儿，相反，现在我觉得那都是很宝贵的记忆。见面后，李兰跟我说，她当年对我示爱，其实是怀有目的的，这个目的很单纯——她听人说参军后，在部队里要是没有一个恋人给自己写信，会非常丢人。她不过是想给自己落实一个写信的人。可是就连这个目的也落空了。她给我写过很多信，我却只字未回。她说，每次看到其他战友接到信，她都会感到难过。后来，当这种情绪难以克服的时候，她就找机会离开部队，跑远些，在异地写一封信寄给自己，然后返回部队，带着一种十拿九稳的盼望，等待着这封信的到来。"

李选说："曾铖你真残忍。"

曾铖说："李兰跟我说这些话的时候，我也很难受。我当然自责，但更多是在为那些憔悴的少年时代感到悲伤。一切伤害都在无知和粗糙中酿成了，但回过头，冤找不到头，债找不到主，人只能默默承受生命给予我们的所有失误。"

李选说："当年你们真的没有发生点儿具体的事？"

曾铖说："那个夏天的午后，李兰找到我，在我家我们接吻了，那倒是初吻。"

李选笑道："什么感觉你？"

曾铖说："如遭雷击。迄今我还认为，再也没有那种难以言表的滋味了，嗯，她的嘴唇竟那么柔软。我是从那一刻，才知道女性的嘴唇会那么柔软。李兰的嘴唇当时对我来说，就是喻示了所有女性的嘴唇，这算是启蒙，无以复加，其后女人的嘴唇也就只是嘴唇了。"

李选有些走神。曾铖说话的时候打着手势，毛衣袖口下露出的手腕上好像有块文身。李选想，放心曾铖，我不会追问得太多。

她问："我想知道，你们见面后，没有再发生什么吗？”

曾铖喝了口啤酒：“应该不算有什么。她是去成都办事，跑业务，我陪她跟几个需要走动关系的应酬。她现在酒量大得惊人，那几天我们几乎天天喝醉，从饭桌上下来，去她酒店的房间接着喝，直喝到人事不省。”

李选说：“酒是淫媒……”

曾铖打断她，说：“没有，我们只是喝酒，第二天醒来，面面相觑，感到非常空虚。”

李选相信曾铖所说的，问：“那现在你们俩啥感觉？”

曾铖说：“我觉得就像至死不渝的亲人了，很贴心那种。要说我俩之间也没什么更多的交集，但好像岁月本身就给了人无中生有的依据——大家小时候就认识，这一点突然变得非常有说服力。前段时间我母亲身体不好，在电话里李兰跟我说，需要的话，她可以去照顾我母亲，我听了真的很感动。”

李选说：“你没想到吗，也许李兰现在还喜欢你？”

曾铖说：“不会，她不会。”

李选说：“那她的家庭现在可能挺幸福的。”

曾铖说：“倒不是。李兰好像和她丈夫的关系也不怎么好。我没细问。但是你看，如果是一个家庭幸福的女人，她需要为什么狗屁业务在酒桌上把自己喝成那样吗？我觉得李兰现在那么胖，就是让酒给闹的。”

李选一阵黯然。她想到了自己眼下的生活。李选不是一个有酒量的女人，但现在做了公司的副总，在某些饭局上，也是免不了要违心地咽下许多苦酒。原来，是否豪饮，可以鉴定一个女人的婚姻。

李选说：“既然这样，她为什么就不能喜欢你？”

曾铖说：“首先，我们彼此之间没有那种感觉。其次呢，似乎真的涉及那种感觉了，反而对我们彼此会是损害。我想，经过了漫长的蹉跎，和大部分女人一样，起码李兰现在会变得不再相信爱情。”

李选几乎要脱口而出“我也不再相信爱情”，但她克制住自己，问曾铖：“你呢，你还相信爱情吗？”

曾铖说：“老实说，我也不信了，但我要求自己必须还得一次一次地去信，没有了这种相信，我们会活得更加糟糕。”

李选还想继续追问下去，曾铖挥下筷子说：“说说你吧，怎么从韩国跑回来了？”

李选说：“过不下去，自然只有跑回来了。”

曾铖举下酒杯，意思是洗耳恭听。

李选说："我和他认识得很偶然。那时候他在西安开餐馆，和我的朋友认识。有一次大家出去玩，玩到热闹的时候，我问了一句他，我漂亮不。事后这人我差不多就忘干净了。过了很久，他突然从韩国给我打来电话，问我能不能嫁给他。整个过程有些莫名其妙，我们开始通话，随后他就来西安了，见了我的父母，然后又带我去了长春，见了他的一些亲戚——他其实是在中国长大的朝鲜族人。韩国政府有政策，光复前——他们那儿把朝鲜战争结束叫光复——跑到中国的朝鲜人可以回国定居，原则上允许带一个未婚的子女。他就跟着他母亲回去了。他父亲去世得早，哥哥姐姐都留在中国。"

曾铖说："原来这样，我还在想，李选如何跟一个韩国人谈恋爱呢，原来你们有汉语基础，可以谈得起来。"

李选说："他要是不会说汉语，我们根本就不会走到一起。我爸当时的态度就是——中国男人都死光啦？就这，后来我们离了婚，我爸还在强调外国人就是靠不住。"

曾铖说："真的靠不住吗？"

李选说："我当时嫁他也没想着要靠他，没那么多想法。就是觉得年龄也不小了，好像所有的力量都把自己往一个方向推，于是就那么嫁出去了。三十岁之前我很喜欢热闹，有点儿没心没肺。中专毕业后，我爸把我安排到市政公司上班了，工作上也没什么压力，就是玩，玩来玩去，直到把自己玩得有点儿犯恶心了。对了，他比我大很多。"

曾铖问："大多少？"

李选说："十二岁。"

说着李选从自己的钱包里找出了前夫的照片，递给曾铖看。曾铖很认真地看了，说："还不错，不显得老。"

李选接着说："婚后那段时间，我真的很安静，像换了个人似的。他家在浦项市——你听说过没？"

曾铖点下头："我去过，几年前去韩国办画展，去过浦项，山多。"

李选说："哈，哪年去的？"

曾铖说："五年前吧。"

李选说："那时候我正在浦项！"

曾铖说："真遗憾，那是咱俩二十多年来距离最近的时候。要是能在街头遇到你，我一定要拥抱你。"

李选竟对这样假想的一幕有些渴望。她说："就算遇到，你也不会认出我。"

曾铖说："嗯，可能是认不出。但是我会想，咦，这个漂亮的韩国女人怎么会如此眼熟？莫非，她是我前生的伴侣？"

吃了不少，喝了不少，也说了不少，曾铖好像松弛了许多，话里有了随便的味道。李选喜欢听他这么说话。

李选说："去你的。你不会在街头遇到我。那时候我几乎足不出户。现在想起来，我都感到惊讶，甚至不能相信，那时候的我，真的是我？他在中国做生意，我留在韩国，聚少离多，家里只有他母亲，周遭一片陌生。我就像活在一个孤岛上，但是心里却非常安宁，一点儿也不焦虑，也不感到孤独，好像很自然地接受了全人类都已经灭绝了的事实，心如止水地活下去，活上几万年也不是问题。"

曾铖很专注地看着她，问："这样不好吗？内心安宁多可贵。"

李选说："开始我也觉得还行。如果他不是总跟我吵，没准我就真的会这么老死在韩国那个叫浦项的小城市了——它真的很小，大概才五十多万人口。"

曾铖说："他跟你吵什么呢？"

李选说："他在中国做生意，挺艰难的，心情不是很好吧，加上韩国男人的那套做派，每次打电话回来，对我都是一副不客气的腔调。你知道，我脾气也不小……"

曾铖说："嗯，我知道，看得出。"

李选说："看得出？从哪儿看出来的？"

曾铖说："感觉吧，就是觉得李选应该不是个好脾气的女人，好像印象中，小时候就有点儿像个假小子。"

李选说："讨厌。其实我挺温柔的。"

曾铖说："我发现了，你爱说'讨厌'，骄横，可不就是脾气挺大。"

李选说："人家这是娇媚。我是双鱼座的嘛。哎，对了，你什么星座。"

曾铖说："金牛座。"

李选笑起来，说："金牛座的人外表闷骚，内心风骚。"

曾铖说："是这样吗？也不错。你呢，内外是怎么个情况？"

李选笑而不答，继续前面的话题："他在电话里跟我没好气，我就挂电话。这就让他更来气了，简直是暴跳如雷，会一遍又一遍往家里打电话。我想这是何苦呢，越洋电话又不便宜，打过来就为了吵架，不是有病吗？有一次还是这种状况，他几乎要把家里电话打爆了，他母亲就让我接他电话。我接起电话，他劈面就给我一句：我操你妈！我一下就火了，回他一句：我操你妈！这下可好，他母亲在旁边听着呢，不干啦，问我，你操谁呢？"

曾铖大笑，问："这些话都是用韩语说的？"

李选说："汉语，在家他们都说汉语，要不我嘴也回不了这么快。"

曾铖举起杯，说："来，为汉语干一杯。"

两个人高兴地喝了一大口啤酒。曾铖喝酒上脸，眼见着脸已经很红了。他说："其实这都不是原则问题，中国夫妻也都这么对骂。"

李选说："我也觉得不是原则问题。也许跟个中国男人这么对骂，骂完也就完了，可当时我在一个世界上的人都死绝了的孤岛上，这么骂来骂去，就骂出问题了。我想有了孩子就会好点儿吧，没想到，儿子刚满月，我就抱着回国了。”

曾铖凝视着她：“刚满月？”

李选说：“四十天。实在熬不下去了。其实当时嫁人，我有一个很重要的原因，就是想早点儿生个孩子。我妈身体很不好，常年有病，生我的时候都是费了九牛二虎之力才怀上，她本来还想再生一个，连名字都起好了，我叫李选，下一个孩子叫李择。但是这个愿望她没能实现。所以我妈非常想看到我的孩子。前些年我玩疯了，一直成不了家，等懂点儿事了，就想给我妈点儿安慰，哪怕是给她的在天之灵一点儿安慰……”

李选眼圈红了，让她感动的是，对面的曾铖抽着烟，好像眼睛也有些潮湿。

李选说：“生孩子之前我就打算回国来生，但他们家不同意，说孩子生在中国，国籍问题又是麻烦事。我爸也说我，嫁出去的人，就听婆家的吧。我说我知道，在韩国生孩子，我肯定没人照顾。我爸说，谁让你嫁到外国去，忍吧！可那真是没法忍。生孩子的时候他在中国，我身边只有他母亲，他这个母亲挺不让人的，孩子一生下来，就跟我说，别以为生个孩子就是功臣了，哪个女人不会生啊？我压根儿就没那种想法，听了她这话心里真是委屈，感觉这下坏了，孤岛上来了个不讲理的。儿子的第一片尿布就是我洗的，他母亲倒是给我做饭，天天煮一锅白菜。我给儿子喂奶，乳房里有硬块，很疼，医生说得人来揉，要不会得乳疮，他母亲立刻声明，说坚决不会替我揉的，我只好自己来揉。就这样，洗着尿布，吃着煮白菜，听他在电话里跟我发脾气，自己揉着自己的乳房，我觉得在孤岛上待不下去了。我要抱着儿子回中国，把儿子抱到我妈的骨灰前……”

李选用纸巾揩泪水，突然有些茫然，心想自己怎么会跟曾铖说这么多呢，像一个祥林嫂。这些话她很少跟人说。此刻汹涌而来，是为了什么？也许，曾铖说的对：岁月本身就给了人无中生有的依据——大家小时候就认识，这一点突然变得非常有说服力。

曾铖默默不语。他一直在吸烟，李选这才观察到，他的烟瘾这么大。

李选说：“不说我了，说说你吧。怎么跑到成都去了？”

曾铖说：“大学毕业分那儿去了。本来想待段时间就离开，结果却娶妻生子，给留到那儿了。”

李选说：“那现在为什么又鳏寡孤独了？”

曾铖似乎不大愿意说自己的事，他说：“其实不幸的家庭也大多雷同吧，不就是尿布、白菜、乳疮这些令人伤感的玩意儿。”

李选也无语了，自己喝下去半杯啤酒，又替曾铖满上。一旦沉默下来，李选的心里就有些隐隐的不安。但是这种不安源自什么，她却一下子找不到根据。

曾铖开口了，问：“他舍得不要自己的儿子？”

李选说：“舍得，这个男人不大顾忌这些。”

曾铖说：“哎李选，不会这孩子不是人家的吧？”

李选说：“讨厌！”

曾铖可能也觉得自己有些离谱，正色说：“是不是他在外面有女人了？”

李选很有把握地说：“不会。这点我确信。怎么说呢，他不是那种很会讨女人喜欢的男人，不像你。”

曾铖说：“怎么跟我比？我也不会讨女人喜欢。不过我想，你们分开得这么坚决，也许就是因为彼此都太清白了。”

李选说：“什么逻辑你？”

曾铖说：“你看李选，人这种东西就是这么奇怪，彼此为对方不安，反而会成为纽带。你想一想，如果他在外面有女人，你会这么甘心跟他分手吗?”

李选想了一下那种状况，好像想象不出来，与此同时，她发觉了自己此刻不安的根源。李选想到了张立均。她拿起手机看了看，竟然已经快子夜了。之前她的手机一直放在餐桌上，她似乎一直在等待着什么。现在她知道了，自己是在等待那种“神秘短信”。李选有种预感，觉得今晚那种短信一定会再次出现。但是手机却一直安静着。

曾铖看到她看手机，也意识到时间不早了。他突然有些颓废，本来全神贯注的那张脸像是被什么力量篡改了，变得涣散而迟钝。他说：“撤吧咱们。”

结账的时候李选坚持让她来，曾铖安静地默许了。两个人走到街上，雨雪依然在下，远处的霓虹透过雾气有种很哀愁的格调。他们置身的这条街道很冷清，但还是有些热闹的喧哗隐约传来。曾铖不知什么时候围了条围巾，把脖子裹得严严实实。从酒店出来的时候，李选好像没看到他围着围巾。两人站在路边等车，谁都不再说话，有种难言的落寞从李选的心头爬起。她嗅到曾铖的身上有股涩涩的气味。出租车很难打，过来过去，都载着客。这挺奇怪的，按理说这个点不应该这样，可能和平安夜有关吧。李选说，往前走走吧，也许前面情况好些。曾铖默默地跟着她往前走。李选觉得有些冷，雨雪像纱一样蒙在脸上，让人有了彻骨的寒意。她说："怎么样曾铖，下次回来还找我吗？"曾铖说："找，很快就春节了，春节前我就回来。"李选说："祝你明天一路顺风，在北京过得愉快。"曾铖说："好，谢谢你。"两个人走出很远了，依然等不到空车。李选吸了口气，说："再等三辆，要是还坐不上，今晚就不回去了，陪你在酒店喝酒。"曾铖说："好。"结果紧接着就来了一辆空车。是曾铖先看到的，他很踊跃地跑了两步，在路当中替李选将车拦了下来。李选上了车，对曾铖说："拜拜。"刚开出十几米，就遇到了红灯，车停了下来。李选回头张望，看到了这样一幕：曾铖背对着她，伸展双臂，以一种梦幻般的滑行姿态与她背道而驰。路面可能结冰了，曾铖在滑着走，有点儿游戏，有点儿孤单。他必然地趔趄了一下，继而又滑行起来。在这个瞬间，李选觉得心里痛楚，爱上了曾铖。

李选的家在西安城西三环以外了，在李选心里，这一路从来没有像今晚这样漫长。她一直握着手机，很想给曾钺打个电话。于是，当曾钺发来短信时，她的心一下子就跃动起来：到家给我个信儿。李选回：好。你好好休息，别抽太多烟，你烟抽太多了。曾钺回：好。李选回：今天开心吧？曾钺回：开心。但是又有些说不出的难受。李选回：怎么呢？我挺开心的，这么多年没见了。曾钺回：嗯，你开心就好。李选回：你也要开心点儿。

当这条短信进来的时候，李选下意识地以为还是来自曾钺的：回家没？她回道：还没到。回完之后，李选才醒悟过来，这条短信竟是张立均的号码。李选感到自己立刻窒息了。随后万籁俱寂，这个世界和她彻底失去了联系。无论是曾钺，还是张立均，或者是某个“她”，都集体沉默了。

到家后儿子还没睡，缩在被窝里眼巴巴地等着她。李选刚要训斥儿子几句，儿子却说：“妈妈我想你，刚才我一想你，就闻一闻你的衣服。”

眼泪立刻汹涌而出，李选胸中所有的难过似乎都因为儿子的这句话找到了正当的出口。

四

和李选一同去上海的还有公司的另一位副总，叫苏建亚，比李选年轻，三十岁出头，李选平时叫他小苏。到了上海，对方是家做建筑保温产品的公司，工厂在浦江镇。所谓培训，就是给李选他们讲解产品的性能、施工方式，并带着他们参观工厂。前后安排了一周的时间，李选觉得时间有点儿长了。每天用在培训上的时间顶多两三个小时，其余的时间基本上无事可做。浦江镇距离上海市区比较远，所以李选也懒得出去转转。

李选大部分时间待在酒店的房间里，百无聊赖，脑子里不免经常想着曾铖。和曾铖短暂地见了一面，李选觉得有些事情既好像开了个头，又好像结了个尾。让她萦绕于怀的，似乎不是两个人之间发生了什么，而是这一切正在发生的方式。李选给曾铖发短信，问他在北京是否愉快。曾铖回说还好，让李选感到他似乎恹恹的。李选告诉曾铖她在上海。曾铖说："要不，我再到上海转次机？"李选发现，曾铖和她天各一方的时候口无遮拦，但见了面，反而不太信口开河。比如，当着面，他根本没再提"干脆凑一块儿过日子"这茬。两个人现在一个在北京，一个在上海，曾铖又恢复了他的腔调。他在短信里问李选：“咱俩也算是见面了，非但鳏寡孤独，而且各自身无残疾，算是相了次亲，怎么样，能一块儿过不？”身在异地，让李选的情绪少了些现实的约束，面对曾铖的这些话，就放任自己做了些非现实的憧憬。李选真的想象了一下，和曾铖“干脆凑一块儿过日子”，会是怎样的状况？在李选的想象中，曾铖这个男人具备一个好伴侣的指标，唯一的缺点是——他太多情了，像《北京爱情故事》里的那个男主角。而这唯一的缺点，就足以抹杀其他所有的指标。这么想着，李选又觉得自己有点儿傻，好像真的在挑选着丈夫一样。

第三天的晚上，李选忍不住给曾铖打了电话。接通后，手机里响起很嘈杂的音乐声。曾铖大声嚷嚷：“大点儿声，李选你大点儿声！”李选说：“曾铖你干吗呢，这么吵。”曾铖喊道：“在酒吧里！”李选不由自主也喊了起来：“那你玩儿吧，没什么事！”挂了手机，李选感到有些委屈，好像自己现在一个人寂寞地待在酒店里，而曾铖却在花天酒地，就是辜负了她。这不是荒唐嘛！李选在心里批评自己，承认说到底曾铖现在还是一个和她没有丝毫瓜葛的人。正准备冲澡，房间的电话响了起来，李选接听，原来是住在隔壁的小苏。小苏说：“李姐你还没睡吧？”李选说：“没呢。”小苏迟疑了一下，提议道：“要不咱俩下去喝点儿什么？”李选想想就同意了，进卫生间补了补妆。

到了楼下，小苏已经等在大堂里了。小苏很挺拔地站在一棵盆栽的棕榈树旁，看到她，脸上露出殷勤的笑。这家酒店里有清吧，他们进去找了位置坐下。小苏征求了李选的意见，给她点了咖啡，自己则要了啤酒。小苏一边喝啤酒一边叹气，说：“真的很无聊，李姐你也很闷吧？”李选说：“我还好，在家除了上班还得照顾儿子，现在只当休假了，倒是你们年轻人热闹惯了，一下子可能受不了冷清。”小苏说：“哈，李姐，别这么老气横秋的，你也很年轻呢！”李选说：“比起你我就不算年轻了。”小苏说：“我不这么觉得，真的，有时候我还觉得你比我小呢。”李选笑道：“小苏你是不是觉得女人都比你小啊？”小苏正色说：“绝对不是，我只觉得美女们都比我小，李姐你就是一个标准的美女。”李选平时在公司里人缘不错，偶尔也和同事们开开玩笑，但小苏现在这样的表现，还是让她有些惊讶。难道，人一旦少了环境的约束，都会变得有点儿想入非非？李选说：

“那你喊我李姐干吗？”小苏说：“《红楼梦》里的贾宝玉，也是把所有美女都喊姐姐的，这个称呼和年龄没有关系，是爱称。”李选差点儿笑出声，心想，完了完了，这个小苏失心疯了。李选建议道：“要不小苏你明天玩儿去吧，我守在这儿就行了。”小苏叹息着说：“那怎么行，你知道吗，就是因为这次你来上海，我才申请一起来的。”李选说：“真的吗，为什么？”小苏更悠长地叹息了一声，是一切尽在不言中的意思。李选想，这个小苏如果知道她和张立均的关系，还会这么叹气吗？一想到张立均，李选的情绪就有些失控，下意识摸出手机翻弄着。小苏也不说话了，长吁短叹地喝着自己的啤酒，但是眼睛一直看着李选，眼神可以说是含情脉脉。李选被他看得不自在，借口去洗手间离开了一会儿。离开小苏的视线，李选站在一扇屏风后面深深地呼吸。旁边的窗子开着，夜晚潮湿的空气吹进来。一缕古筝和着笛子的丝竹声若隐若现，缓慢、婉转，断断续续地带着些回音。李选用手机再次打给曾铖。曾铖在嘈杂的音乐声中大叫：“李选你别挂，我出去跟你说！”李选能够听到曾铖脱离那个环境的过程，一度手机里的噪声又升高了，可能是曾铖跑过了喧哗的中心，紧接着的安静突如其来，好像世界陡然翻转了一周。

曾铖说：“李选你还在听吗？”

李选说：“在听。”

曾铖说：“我想问问，想好几天了。那天分手后，我觉得有个问题一直挺困扰我的，可一时又想不清楚是什么问题，心里总不踏实，脑门都想破了，好像总有个疑问悬而未解。”

李选说：“曾铖你喝多了吧，说话颠三倒四的。”

曾铖说：“咦，我喝酒了你都知道？”

李选不作声。

曾铖说：“喂，喂？李选你没挂吧？”

李选说：“没。”

曾铖顿了一下，说：“你等会儿，我得找棵树扶着点儿。”

过了半晌，曾铖一字一顿地说：“就是在刚才，我突然想出来了，那就是——李选你干吗还随身带着那个韩国人的照片？”

李选怔住了。她没想到曾铖会问这个，而且更是被曾铖问得自己都有些吃惊。是啊，干吗还随身带着那个韩国人的照片？没道理的，只有李选自己清楚，对于那个男人，她的心已经死到什么程度了。李选回国后，那段婚姻又维持了三年，前夫在东北做生意，偶尔来一趟西安。其间有一次，前夫前脚刚走，李选就发现自己又怀孕了。她在电话里告诉了前夫，不料对方开口就说，不可能！这话可是真伤人。李选说怎么就不可能呢，前夫还是一口咬定，不可能！李选说，好，你奶奶的，不可能是吧？我把这孩子生下来，做完鉴定，咱就离婚！过了段日子，前夫打电话来，说，还是去做掉吧。结果当然还是把这个孩子做掉了，但不需要做什么鉴定了，李选仍然坚决地选择了离婚。

曾铖在手机里喊："喂，李选？"

李选说："听着呢！"

曾铖说："怎么不说话呢？"

李选说："说什么？我自己也不知道，正想着呢！"

曾铖说："不用想了，潜意识，这是潜意识。李选你潜意识里可能还在惦记那韩国男人。"

李选被他说得没了把握。难道，自己真的这么"潜意识"着？她说："就算是吧，曾铖这点儿事值得你想破脑门吗？"

曾铖像发表宣言，回答得掷地有声："当然值！我嫉妒了！”

李选说：“真是喝多了你。少喝点儿！”

曾铖说：“你别说我喝多了。”

李选说：“好好好，你没喝多。我挂了啊，我同事还在等我呢。”

曾铖说：“肯定是男同事。”

李选说：“是。”

曾铖说：“罗敷，你这个罗敷，伤着我了。”

李选叹口气：“唉，曾铖你真的太容易受伤了。”怅然挂断了手机。

走回座位，小苏依然还是一副含情脉脉的神情。李选说她困了，上楼休息吧。小苏顺从地跟在她后面，在电梯里依然通过镜子认真地看她。李选被他看得有些恼了，愠怒地说：“小苏你眼睛直啦？”孰料小苏很有风情地应道：“嗯！”李选无奈地摆摆手，出了电梯自顾往房间走。小苏的房间和她挨着，但却是过门而不入，一直尾随在她身后。李选开了房门，听小苏说了声“李姐晚安”，心里的石头才落了地。房门在身后关住，李选靠在门上，一瞬间竟是万念俱灰的滋味。

第二天观摩产品流水线的时候，小苏低声对李选说：“李姐我昨晚上喝多了——其实是晚餐的时候就喝多了，你别生气。”李选想起来了，昨天晚餐招待方的确是灌了小苏不少酒。穿着连体工装的工人在身边走来走去。李选莞尔一笑，说：“生什么气，小苏你别多想。”小苏如释重负地耸耸肩膀。好像是约好了似的，曾铖这时候也发来一条短信：李选昨晚上我喝多了，跟你瞎闹了吧？别介意。但是对于曾铖，李选却不想莞尔一笑。她本来没什么，被曾铖这么一提醒，反而感到有些气恼。闹什么闹啊，这些男人！李选在心里暗自发脾气——都把自己当“使君”啦？没接到李选的回复，傍晚的时候曾铖又发短信过来了。是一首诗：

亲爱的，把我的心也拿去洗一洗 / 它悬空太久，孤单，痛 / 积满水火未济的灰烬 / 你务必把它洗净 / 亲爱的，洗净后请把我的心 / 放在你的心上晾晒/晾晒时间不能少于后半生 / 也就是从晾晒之日至心跳静止 / 亲爱的，当你把我的心拿走 / 就像拿走一件自己的衣服/从心跳的加速中我听到了渴望/那种由圆到缺的声律启蒙/亲爱的，把心放在水火之中再从心启动/万物天生一颗爱美之心 / 我爱你是因为你符合我的审美/你爱我是因为命运的安排。

这时候暮色四合，斜阳温煦地洒进酒店的房间里。曾铖伸展双臂，以一种梦幻般的滑行姿态背道而驰的样子浮现出来。李选觉得她似乎看见了——这个曾铖，的确悬空太久，孤单，痛……他都经历了些什么？李选对艺术不是很能理解，但是，即使以那种《北京爱情故事》的方式来感受曾铖，她也能够被这样的一个男人打动。

离开上海的前一天，李选和小苏结伴去了上海市区。小苏在上海有位读研时候的同学，一定要请他们吃顿饭。这位同学姓王，开车带着自己的妻子和女儿专门来浦江镇接他们。接受这样的款待，李选完全是出于礼貌。饭桌上，小苏和他的同学开怀畅饮，王同学的妻子很贤惠，说："既然是老同学，就放开喝好了，回去她来开车。"王同学的女儿也是四岁，和李选的儿子一样大，李选挨着小女孩坐，一直逗孩子玩。两个男人喝得很热闹，李选注意到了，他们不时用眼睛心照不宣地看自己。

被送回浦江镇的时候，已经很晚了。大家在酒店外面告别，王同学醉醺醺地趴在车窗里叮咛李选："李总你照顾好小苏啊！拜托啦！"小苏的确醉得不轻，李选不扶着他，他便要就地不起的架势。李选勉力支撑着，尽量保持微笑，向着车里摆了摆手。好不容易进到电梯里，小苏依着李选，傻呵呵地笑，说：“李姐，我同学把你当我女朋友啦，还问我你比我小几岁呢！”这话不像是假话，被人看得那么年轻，李选心里还是有点儿高兴的。但是小苏的这个状态，实在又让她感到讨厌。将小苏扶到房门前，李选从小苏口袋里摸出了房卡，打开门把他弄进去。小苏跌进床上，趴着央求李选：“李姐你别走，帮我弄口水，我渴死啦。”李选皱着眉去冰箱里替他拿了罐可乐，刚递在他手里，就被他拽着不放了。李选甩手说：“小苏松手，别闹了！”小苏撑起身子，想要表达什么，手机却响了起来。于是小苏开始摸自己的口袋，摸来摸去，像捉一只啁啾着的麻雀似的，把自己的手机捉了出来。他看一下手机屏幕，笑嘻嘻地对李选说：“老大，是老大。”说着他炫耀地按下了手机的免提功能。

张立均的声音在房间里响起来：“明天机票定好了吧？”

小苏直着舌头说：“定好啦！”

张立均说：“突然想起个事，明天走之前，你买份礼物给人家留下。”

小苏说：“董事长放心，我也是懂事的，嘿嘿，这个我早想到了，已经办妥了……”

张立均声音沉下去：“你喝多了？”

小苏说：“和老同学喝了两杯，不多。”

张立均说：“那早点儿睡吧，明天一早给我电话。”

小苏说：“好，好的。李姐你帮我记着点儿——明早让我给董事长打电话。”

李选一直听着，此刻心里响亮地惊呼了一声。

张立均缓慢地问道：“李总在你身边？”

小苏说：“在，董事长你跟李姐说话不？”

小苏醉眼蒙眬地瞪着自己的手机，但是李选知道，张立均已经挂机了。

回到西安的第二天，小苏就被集团解雇了。李选站在自己办公室的窗前向下俯瞰，从十九层楼的高度望下去，小苏就像一只微不足道的蝼蚁。他上了自己的车，歪歪扭扭地开了十几米，突然冲上路面，像一头疯狂的野牛疾驰而去。李选抱着自己的肩膀，忍不住微微战栗。这个事实有力地释放出来的那个信号，令李选感到了震惊。她看到了，张立均能够这样不由分说地毁掉一个人的生活。正在唏嘘，办公桌上的电话响了，张立均在电话里简短地说，下午过来喝茶。

中午李选没有下去吃饭，心思纷乱地躺在办公室的沙发里。张立均的态度让她没了主意。她从未像现在这样清楚地认识到——自己是张立均的附庸。她依靠他，于是他支配她。这一切是能够改变的吗？现在的李选，害怕重新变得心如死灰，大半年的好日子，反而让她变得软弱了。她觉得自己的人生经不起颠簸了。这时候她就想起了曾铖。想起了曾铖，好像立刻又有了选择。即使以最世俗的标准来衡量，如今的曾铖也是一个说得过去的男人。李选在网上搜过，曾铖的画儿，最高卖过近百万。重要的是，李选认为自己已经爱上了曾铖。李选在手机上翻看着曾铖发来的那首诗，眼泪不禁夺眶而出。她由衷地觉得自己爱上曾铖，真的是命运的安排，于是急迫地给曾铖发短信，问他：曾铖，我真的符合你的审美吗？曾铖回复得很快，但她还是觉得太慢了。曾铖问：什么？她回：你发来的诗啊。曾铖回：诗？我发你诗了？她将那首诗发回给曾铖。曾铖半天回道：天啦！居然跟你演这出，喝多了喝多了，李选你不许笑话我！一瞬间李选的心就冷了。也许曾铖真的是喝多了才发来的这首诗，但这么长的句子，滴水不漏，显然不是一个喝多了的人能在手机上做到的。那么，这是别人发给曾铖的，曾铖不过是转发了一下……

可是李选却不怎么恨曾铖。这原本就只是一个将近三十年没见过面的小学同学——李选几乎是很平静地回到了常识里。尽管她心痛。她有些怜悯曾铖——这个男人，悬空太久，孤单，痛，真是太不靠谱了。

下午三点多钟李选去了尔雅茶舍。张立均早到了，蹲在一盆小叶栀子花前用喷壶给花喷水。李选坐在惯常的位置上，喝着惯常的祁红。张立均一边侍弄着盆景，一边问了几句她在上海学习的情况，对她说翻过年她就需要忙起来了，建筑保温材料这部分业务，集团要求她完全负起责任来。这本来是正常的工作部署，可李选却感到是生活正在向她索要应该支付的成本。李选应着声，过了一会儿，她装作不经意地问起了小苏被解雇的原因。张立均站起来，拍拍手，回到茶台前喝了口茶，说："我不喜欢公司同事之间姐姐弟弟地称呼。"李选突然执拗起来，挑衅般地说："可是公司里比我小的人都叫我李姐。"张立均不看她，说："那以后别让他们这么叫了，我是让你去做副总，不是让你去做李姐。在一家正规的企业里，这一套不合适。”然后张立均补充道：“你能想象吗，微软公司的人都把盖茨叫盖哥？”这句话挺逗的，但是李选一点儿也笑不起来。又坐了一会儿，张立均起身说：“走吧。”

李选被张立均带到了附近的一家酒店。张立均去停车，李选一个人先进去了。张立均在车上把房卡交给了她。虽然只来过不多的几次，但李选已经是熟门熟路。这套客房常年供张立均一个人使用，里面多了些他的私人物品，茶海、拖鞋、几本商业人物的传记，还有几只陶罐。李选把门给张立均留着，自己进了卫生间。没有关闭的房门发出嘀嘀的警报声，李选置若罔闻，脱掉衣服，把脑后绾住的头发披散下来。打开淋浴，蓬头的热水堪称滂沱。李选面对着墙壁，让水花从头到脚地在自己身上奔流。张立均上来了，她听到房间的门被重重地关闭上。过了一会儿，张立均进了卫生间，从身后抱住了她。李选没有回头，用手捂着自己的脸，让水流漫漶进嘴里，再轻轻地吐出来。张立均一动不动，双臂从身后环抱在她的腹部。过了一会儿，李选让出位置，让张立均站在了水流中，自己裹起一条浴巾出去了。这条浴巾是紫色的，显然不是酒店的物品。但是李选不能确定，自己就是唯一使用它的女人。她站在房间的床边，用这条浴巾揉搓自己的头发。张立均的衣服搭在一把椅子上，写字台上扔着他的钥匙包，钱夹，还有手机。有双无形的手在操控着李选，让她向着那只手机走去。她一点儿也没有感到紧张，以一种梦游般的姿态翻看着这部手机里的内容。这样的一幕曾经出现在李选的想象中：卫生间里传来哗哗的水声，一个女人用两只手（是的，两只手）握着手机……她打开了手机短信的收件箱。里面的内容无比繁杂，像阳光下投射出的影子，它的主人永远摆脱不掉的那部分东西，都呈现了出来。商场的阴暗倾轧，情场的虚与委蛇。一切那么波诡云谲，一切又那么稀疏平常。李选迅速地浏览着，像是在检索张立均生活的底牌。终于，当她看到那几条内容时，仿佛如梦初醒，被自己的行为惊吓得几乎要失声尖叫。她像扔掉一条蛇似的扔下了这只手机，继而赤身蹲在地上，将头埋在膝盖上，紧紧地抱住自己的双腿。

“正准备睡，已经上床了。你喝多了？”

“昨晚喝多了？”

“没呢，在跟同学聊天。”

…………

五

曾铖春节前回到了西安。这次他先联系了雷铎。雷铎打电话给李选，兴奋地说："李选，曾铖回来了，我俩现在在一块儿，晚上一起吃饭！"

李选说："今晚可能不行，集团今晚开年会。"

雷铎说："开什么年会，没劲！老同学见面比那重要多了。"

李选说："雷铎你站着说话不腰疼，你现在自己做神仙，我可是个凡人，人在屋檐下呢。"

这个年会是很重要，起码被张立均强调得很重要。张立均通知各个部门和分公司，说这是对过去一年的最后总结，也是对于未来的展望，没有充分理由，任何人不得迟到早退。

雷铎说："什么屋檐，大家都不是活在野地里的，我也活在屋檐下。"

李选说："你是活在四百多平方米的屋檐下，或者是活在美国的屋檐下。"

雷铎从小就是学习尖子，一路被保送着读完了博士，其后成为国内最早涉足互联网的那部分人，在国外待了几年，如今住在西安，拿着美国绿卡声称自己已经提前退休了。

雷铎嘿嘿笑了一阵，说："你还是争取过来吧，能早点儿溜出来最好，我们等你。"

但是李选早不了。年会开始的时间在晚上七点，勉为其难，李选还报了个节目，她翻看制作好的节目单，自己的节目被安排在靠后的位置。李选想，要不自己就不过去了。她知道曾铖已经回来了，两人之间一直保持着短信联系——往往是曾铖在夜里发短信跟她说些比较煽情的话，第二天又懊悔地道歉，说他不记得了，一定是喝多了。渐渐地，在李选心中，曾铖都快成一个酒鬼的形象了。李选被他弄得有些无奈，也有了麻木感，好像也习惯了他的这种风格。但是李选并不反感曾铖，她承认，曾铖对她有种无法解释的吸引力，尽管也常常带给她某种无法抗拒的忧愁。

晚上的年会包在一家温泉山庄举行。集团的高层们围坐在张立均身边。本来李选不太适合跟他们坐在一起，她不过是子公司的一个副总，但是张立均示意她坐了过去。由于派发了年终奖金，上上下下都很高兴，上台表演节目的人都铆足了力气。气氛很热烈，好像一切真的是在蒸蒸日上。李选却心事懆懆。她不断地看手机，因为曾铖不断给她发短信：快来。你快来。快点儿李选。我们吃完了，在喝茶。雷铎也发短信催她，告诉她具体的地点。李选坐卧不宁的样子被张立均看在了眼里。他坐在她的右侧，不时回头不动声色地扫视一下。轮到李选上台的时候，已经快九点了。她唱了首《因为爱情》。当唱到“因为爱情怎么会有沧桑，所以我们还是年轻的模样”时，她不禁哽咽。她一只手握着麦克风，一只手攥着自己的手机。手机在轻微地震动，表明有新的短信进来。这一刻，李选像所有女人一样，在岁月面前百感交集。她的嗓音一般，但唱得如此动情，所以就博得了热烈的掌声。在掌声中，李选走下舞台，匆匆回到自己的座位，拿起自己的包，匆匆离去。掌声依然在持续，所有的人都在用目光追随着她。李选为自己的这种义无反顾感到骄傲。她想她做到了，她在心里问，曾铖，我听从了你的召唤，你看到了吗？当她一走出年会的现场，不禁就像飞奔一样地跑了起来。

刚刚发动起车子，张立均的电话就打来了：“你什么意思，大庭广众的！”

李选调整着自己的呼吸，说：“董事长，我有自己的自由吧？”

张立均一时语塞，似乎也调整了一下呼吸：“好吧，你好好的。”

他的口气令人费解，仿佛换了一个人。李选迷惘地开着车。她不明白，这个男人都是为什么。她从他的手机中看到了那些短信，而那些短信，张立均否认自己接到过。反过来说，深夜再三出现的那些“神秘短信”，也是张立均发的。他想要什么？为什么要如此捉弄人？他这是怎么了？李选觉得这一切太玄奥叵测，像是用什么柔韧的材质在她的周围织就了一道罗网，而她刚刚的率然离席，就带着一股破茧而出般的激情。

但是到了地方，一切却平淡得令人气馁。曾铖和雷铎倚在沙发里，看到李选，像是看到了一个茶楼的服务生。还有一个挺胖的女人坐在曾铖的旁边，李选一眼就认出了她是李兰。李兰很热情地过来拉起李选的手说：“猜猜我是谁？”李选也热情地说：“李兰，你是李兰。”于是当年的两个女生做出亲昵状。雷铎干涉道：“李选你坐我身边儿。”李选说：“为啥？”雷铎分赃似的讲出他的道理：“你看，咱们四个小学同学，上了初中就分道扬镳了，曾铖你跟李兰上了同一所中学，把你的人弄走；李选咱俩上了同一所中学，你是我的人。”李选嗔道：“谁是你的人？”说着她看了眼曾铖。曾铖可能之前喝酒了，脸有些红，神情漠然。李选心里有些不快，忽然觉得自己手机短信里那些火热的召唤并不是出自这个人之手。

雷铎指着曾铖问李选：“这人是谁？”

李选平静地说：“是曾铖吧，还是老样子。”

曾铖说：“李选你也还是老样子。”

雷铎揭发说：“什么老样子，弄得跟铭记在心似的，曾铖你不是说记不清李选长什么样了吗？”

曾铖说：“现在一见就记起来了，这人刻在我心里。”

李选有些紧张，觉得曾铖还是木然一些好。她怕他继续说出什么离谱的话。李选坐在了雷铎的身边，问道：“你们喝酒了？”

雷铎说：“我没喝，他俩喝的，而且基本上算是李兰喝的。曾铖喝的还没李兰多。”

这时候服务生进来问李选喝什么茶，李选随口报出了“祁红”。

大家开始说起一些童年往事，继而说起了各自的现状。雷铎说他不喝酒，是因为有“造人”的重任在身，年近不惑，他现在迫切地想要孩子了。李兰避而不谈自己的家庭，说了阵自己买房子的事。雷铎对西安的地产界很熟悉，给了她一些建议。当雷铎把话题引向李选时，李选叫道：“雷铎你别那么嘴快，我的事儿对外保密。”这时候曾铖开口说：“那李选你把我们当外人了。”李选说：“也不是，是那些事儿鸡毛蒜皮，无足轻重。”曾铖低头像是自言自语了一句：“真的是无足轻重吗？”说完他就不吭声了，又点着一支烟。他抽烟抽得太凶，几乎没有间隔。李选看到他身边的李兰很自然地把这支烟从他嘴上摘下来，在烟缸里摁灭了。接着又说了说其他同学的现状，一边说，一边各自联络能够联络上的。渐渐有了共识，大家找时间正式聚会一次，地点就定在雷铎家——雷铎家宽敞，楼上楼下有四百多平方米。整个气氛有些小小的激动，又有些隐约的索然。

坐到快十二点，四个人从茶楼里出来，雷铎拉着曾铖去找人打牌，李选说她送李兰，李兰却说自己家就在附近，过了街就是。这家茶楼在一条仿古街里，车子不让开进来，他们一起往巷子外走，雷铎和曾铖走在前面，李选和李兰走在后面。两个男人在前面勾肩搭背的，两个女人并肩走着，却都感到无话可说。李选看着曾铖的背影，内心似乎突然有所期待。真的是很神奇，当这种期待的念头刚刚生出，李选就看到前面的曾铖甩开了雷铎的胳膊，伸展双臂，沿着路面薄薄的积冰，以一种梦幻般的姿态滑行起来。李选自己都没有觉察地笑了，有种欣慰之感。身边的李兰轻声说，这个曾铖，永远是个没长大的孩子。李选注意打量一下李兰，路灯下李兰的影子都显得沉甸甸的。李选想起了曾铖说过的话：曾经那么轻的一个女生，被岁月弄成了这么重，难道不令人心碎吗？而且，这种分量的改变是跟我们同步的，由此及彼，我们就看到了我们的不堪……

可不是吗？

李选的车刚开到自家楼下，曾铖的电话打过来了。

曾铖说："李选你不高兴了吧？"

李选熄了火，坐在黑暗的车里不言不语。她是感到不愉快，但还没有到生气的程度。她赶去见了这几个人，性质上都有些义无反顾的意思，结果去了之后，曾铖却完全是一副视而不见的态度。对此，她也难以指责什么，因为她难以想象，如果曾铖不冷漠，又会是怎样的局面。毕竟，大家都是这样的年纪了，已经羞于当着别人的面再去炽热地表演。

李选说："嗯，不高兴。李兰挺高兴的吧？"

曾铖说："她高兴什么？"

李选说："又见着你了呗。"

曾铖说："那你也是又见着我了。"

李选说："我不一样，我又不会把你嘴上的烟拿走。"

说完这话李选有些后悔，问道："雷铎不是拉你打牌去了吗？"

曾铖说："我没去，没心思。"又说，"我的心思全在你那儿。"

李选说："在我这儿怎么见了又不理我？"

曾铖沉默了一会儿说："李选我想你，我就是想看看你。"

他的语气让李选想到了自己的儿子。李选觉得曾铖说的这句话，就像她儿子的那种语气——妈妈我想你，刚才我一想你，就闻一闻你的衣服。李选的心柔软了。她打开拉手箱摸出一包烟，给自己点着了一支。李选平时不抽烟，只在心情特别不好的时候才抽一支。

李选闭着眼睛说："曾铖我问你个事儿。"

曾铖说："嗯。"

李选尽量让自己的声音不显得那么愚蠢，她说："我有个女朋友，在一家公司做事，她的老板对她不错，两个人也上过床——但并不牵涉感情。后来这个老板突然经常在夜里给她发短信，但又否认是他发的。他这么做，是为什么？"

曾铖好像也点了支烟，李选似乎可以嗅到烟雾从他那里弥散而来。

曾铖说："我想，这个男人是为了得到她吧。"

李选说："可他已经得到了。"

曾铖说："我们说的不是同一个概念。他想得到她的情感，你说了——这两个人不牵涉情感。"

李选说："通过这种方式，他就会得到她的情感了？"

曾铖说："有可能的。这是邪恶的游戏。那个女人因此会臆想，会揣测，甚至因为臆想和揣测而嫉妒，会生出怪异的热情，变得跃跃欲试，因为她会被谜面所吸引。"

李选深吸口气，被烟呛得轻微咳嗽了一下。"那么，得到了她的情感，他又能如何呢？他绝对没有让她做妻子的愿望——她也从来没这样指望过。”

曾铖说：“但他会有满足感。这种满足感，远远大于肉体给予人的满足。”

李选说：“仅仅为了自己的满足，就玩弄出这样的花招？这么做，不可耻吗？”

曾铖沉吟着说：“我觉得这个男人可以被原谅，他可能也很孤独。”

李选有种空洞的愤怒：“凭什么原谅他，他这是在捉弄人！”

曾铖说：“那个女人一定很漂亮——而万物天生一颗爱美之心。”

李选觉得一下子无力了，嗫嚅着问：“难道一个女人漂亮了，就应当被这样捉弄？”

曾铖说：“从某种意义上讲，这就是一个漂亮女人的宿命。你是一个罗敷，就要面对纷至沓来的使君，你让人踟蹰，自己也要踟蹰。”

李选虚弱地自辩：“不是我，你别往我身上扯……”

曾铖不作声，过了很久，他说：“李选我想看到你。”

李选说：“你在哪儿？没回家吗？”

曾铖说：“就在家门口。”

曾铖没有像李选想象的那样站在深夜的街头。他父母家的对面有一家不大的酒吧，李选到了的时候，曾铖已经喝掉了半打啤酒。太晚了，酒吧里很冷清，除了曾铖，只有一对看不清男女的客人坐在暗处的角落里。曾铖没有脱外套，给李选的感觉就是“悬空”着的。那样子，就好像他跟摆在他面前的那些啤酒瓶，那些蒙上水汽的玻璃窗、挂在墙上的轮胎、海报、爆米花机等等，完全没有一点儿关系。李选在曾铖身边坐下，曾铖的手揽一下她的肩膀，她就依偎在了曾铖的肩头。李选说：“你看上去不大好。”曾铖说：“是。”又说，“你好像也不见得比我好到哪儿去。”李选的眼眶中噙满了泪水。她说：“曾铖，我苦。”曾铖说：“我知道。”李选说：“你不知道。”曾铖说：“我知道，你都告诉我了，尿布，白菜，乳疮……”李选拼命地摇头，说：“不是这些，不仅仅是这些，能说出来的，其实都不是真的苦。”曾铖说：“嗯，我知道，所以我不对你说我的事儿。”李选抚摸着曾铖的脸，他的脸很烫。如此贴近地看，他的脸似乎完全变得陌生了，显得多么疲惫和衰老。李选说：“你不说我也知道。”

曾铖说："大家都是从苦里熬出来的，像熬成了药渣的中药。"

李选说："差不多。我三十多岁才嫁人，就是因为之前……"

曾铖说："李选你不要说，我不想听，听了只能让我不安。"

两个小学时候的同学在这一刻像一对多年的挚友枯坐在浩大的岁月面前。这也许就是他们邂逅的全部意义和价值。他们喝着酒。李选的手机不时发出振动。起初她还看一眼，后来就不看了。她向曾铖问起了那首诗，问他真是酒后发来的吗？曾铖避而不答，说那首诗其实挺庸俗的，却有一句打动人心——万物天生一颗爱美之心。他说这是以一当百的借口，也是以一当百的理由。李选上了趟洗手间，她有种很强烈的错觉，那就是回来后她就看不到曾铖还坐在那儿了。

后来李选问："曾铖你也是那样的男人吗？"

曾铖说："哪样？"

李选说："为了满足什么就去捉弄女人。"

曾铖说："其实，当男人捉弄女人的时候也是在捉弄着自己。"

李选说："曾铖你还相信爱情吗？"

曾铖说："我对你说过，我不信了，但我要求自己必须还得一次一次地去信，没有了这种相信，我们会活得更加糟糕。还能试图去爱，会让我们显得比较像一根还有被煎熬价值的药材，而不是已经成了可以废弃的药渣。"

李选说："但是我不信了。"

曾铖说："李选你依然渴望爱。"

李选说："也许是。但是过了今夜，从明天起，我就不再允许自己渴望。从明天起，我要做一个废弃的药渣，要告别那些让自己神魂颠倒的煎熬，简简单单地，哪怕是麻木地生活。"

她把此刻与曾铖的会面也当成了一个年会，用以总结过去和展望未来。

曾铖一只手支着头，闭着眼，表示一种沉默的赞同。他说："好吧李选。不过人在渴望着什么的时候，一般会尽量让自己显得瑕疵少一些，尽量让自己显得不那么恶心……"

李选突然失声哭泣。她抽噎着说："可是人就是挺恶心的。"

曾铖并不安慰她，默默地喝着酒。

李选说："曾铖你得逞了，我对你动情了。可我知道，你从没想过和我实质性地去相爱。"

一辆车从窗外驶过，车灯无声地从曾铖的脸上扫过。他捂着自己的脸，呻吟一般地说："可是李选我觉得我爱上你了。"

李选说："使君站在罗敷面前的时候，也会觉得爱上了这个女人。"

曾铖说："分不清了，我已经分不清这些爱与爱之间的区别……"

李选呆呆地说："男人真可怕。"

服务生过来委婉地提醒他们该打烊了。两个人几乎是同时无言地站起来。外面很冷，不知道什么时候下起了雪，街面上一片银白，人行道上的积雪踩上去让脚底有种轻微被吮吸的感觉。开车门的时候，曾铖抢先坐进了驾驶位。他说，他不能允许自己和一个女人坐在车里时，是由女人来开车的。李选说："可是你喝多了。"曾铖说："你不也喝多了吗？"李选站在车外，一时间，脑海里浮现出这样的画面：曾铖驾车而去，将她一个人扔在了深夜雨雪交加的街头。这幅画面很逼真，但的确没什么意义。曾铖的胳膊从车窗伸出来，打着催促的手势。李选摇摇头，绕过车头上了车。车子启动起来，感觉像是滑行在冰面上。李选想起了曾铖在夜晚的大街上滑着走的样子。李选说："曾铖你永远是个没长大的孩子。"雨刮器摆幅稳定地在眼前刮过来，刮过去。他们没有目的地。但仿佛都对要去的地方了然于胸。那也许就是李选所决定的去处——过了今夜，就是药渣的人生。他们为了告别而向前驱动着车轮。

李选说："曾铖你身上有股味儿。"

曾铖说："酒味儿吧，还是烟味儿？"

李选说："都不是。"

曾铖使劲嗅了嗅，说："那可能是松节油的味儿。"

李选说："画画用的吗？好闻。"

车子在这一刻飞快地闯过了一个红灯。车身震荡了一下，有一声闷响。直到驶出几十米后，两个人几乎同时低叫了一声。车子刹住了，曾铖脸色煞白地看向李选。刚刚他的脸上还是通红的。

当他们下车跑向那个倒在远处的一团红色时，李选再次看到了曾铖踉跄滑行的样子。

那的确是一个穿着红色羽绒衣的女人，蜷曲在雪地上，感觉很厚实。曾铖蹲下去看了一眼，有两三秒钟的时间，李选以为他要去抱这个人。但是曾铖又迅速地站了起来，眼睛直视着她。李选在那一刻，看到的是他的脖子上又一次神奇地裹着条凭空而来的围巾。

在这之前和在这之后，李选都不会想到自己生命中居然会有如此镇静的时刻。她捧起了曾铖的脸，踮起脚，深深地吻他。她想让他永远记得，她的嘴唇竟那么柔软，让他在这一刻，再次感受女性的嘴唇会那么柔软，给他喻示出所有女性的嘴唇，再次对他启蒙，无以复加，让他其后亲吻着的女人的嘴唇，也就只是嘴唇了……

李选推开曾铖，说："走！"

曾铖呆呆地站着。

李选说："你快走！"

曾铖望着她。

李选说："酒驾，闯红灯，你找死啊！"

曾铖怔忪地说："你也喝酒了……"

李选说："我喝得比你少。"

这当然不是理由。

曾铖呼出大团的雾气。世界被消了音。飘着雪的夜晚弥散着的是一种奔涌的寂静。

李选开始用手机报警。

曾铖歪着头说："李选，你确定？"

李选觉得自己的眼睛都冒出火来了，这一刻她觉得眼前这个人比眼前这件事更可怕。她冲着他声嘶力竭地喊："走！你走！"

曾铖转身走了。走出几步，他伸展开了双臂。

六

曾铖电话打进来的时候，李选在医院里守着昏迷不醒的受害人。这是一个看上去不到二十岁的姑娘，身上找不到任何可以查明身份的线索，没有证件，没有票据，没有手机，仿佛从天而降。她随身只带了一只洗漱包，里面装着甘油，避孕套，湿巾。警方推断这是一名深夜谋生的"失足妇女"。——这个指称让李选觉得极不准确，她觉得这只是一个女孩，绝对不是妇女。同时，"失足"也让李选觉得，好像是这个女孩一不留神，自己跌进了这起事故当中。按理现在李选应当待在拘留所里。但她当天夜里报警之后，紧跟着拨通了张立均的手机。一切都由张立均去处理了，张立均以他一米八的身姿站在现实的逻辑里，堪可处理这桩极具现实感的事件。李选只需要守在医院。受害人的安危将决定这件事情的性质。这个“失足妇女”被送进医院做了开颅手术后，已经昏迷了三天。其间雷铎给李选打电话，问她曾铖出什么事儿了——怎么春节也不陪父母过了，一个人跑到了海口？李选说：“他去海口了吗？我怎么知道他出什么事了？”雷铎说：“李选你别瞒我，我看得出来，你跟曾铖有事儿。”李选说：“雷铎你别瞎猜，我真的不知道他的事。”

曾铖在电话里问李选：“李选你还好吗？”

李选说：“还好。”

说着，她看了一眼坐在病房里的张立均。张立均是刚过来的，这几天他天天会到医院来看看情况。张立均好像等候着她的目光，他面无表情却又显得饶有兴味地看着她，就像是一个医生看着一个病人，一个法官看着一个证人，一个主人看着一个客人。

曾铖问：“伤者的情况呢？”

李选说：“还昏迷着。”

曾铖说：“你告诉我卡号，我打钱给你……这种事，少不了用钱的……”

将这件事情落实在“钱”上，似乎令曾铖痛苦，听得出，在他那种听起来漫不经心的声音背后，伴随着不断地深呼吸。

李选说：“不用。”

曾铖最后说：“你看李选，现在我成一个肇事逃逸的人了。我知道，李选，你不愿让人知道有我这样一个家伙存在——那天夜里，你的眼神告诉我了。那一刻，我感到你将我当成了一个对你有着极大妨碍的敌人。可是我真的想问问你，既然是这样，李选，为什么你还会那么深沉地吻我？”

李选认为自己听到了貌似啜泣的声音。她在内心不遗余力地告诫着自己，冷静，麻木，做一个简单安宁的药渣，那天夜里，你已经与所有的踟蹰做了告别！

李选挂断了手机，向张立均轻松地侧下头，说：“一个老同学，知道我出事儿了，问我需不需要钱。”

说完，尽管竭力不去那么想，但是李选依旧觉得自己陡然平添了一些底气，仿佛成功地在一场竞赛中领先了什么。

张立均揉一下鼻子，不置可否。

这时候病床上昏迷已久的人用一种指控的语气发出

了呓语般的呻吟："我看见了，一个男人，一个男人，一个男人……"

须臾间，李选仿佛看到"一个男人，一个男人，一个男人"，络绎不绝，以一种四列纵队般的规模向她走来。他们既像是在被她检阅，又像是检阅着她。

碎　瓷

一

记者有他们按门铃的方式吗？汤瑾诗想，那天的门铃声就是“记者式”的，似乎蛮有分寸，实际是蛮不讲理。当时汤瑾诗正在试一条新裙子。裙子墨绿色，饰着蓝色的暗纹，挂起来非常好看，穿在身上，汤瑾诗自己向下打量，也觉得比较合体，但对着穿衣镜一照，却发现有种难以立刻分析出的别扭。怎么会这样？汤瑾诗后悔没有试穿就把这条裙子买了回来。可它挂在商场里的确是很好看的，怎么说呢，汤瑾诗沮丧地想，是自己把一条好看的裙子给穿难看了。有了这样的念头，汤瑾诗不免情绪黯然，开始考虑推掉当晚的饭局了。门铃声响起来。汤瑾诗凑在猫眼上向外望，看到一张陌生的脸。对方却在门外叫出了她的名字："请问汤瑾诗女士在家吗?"作为一个事件的开场白，这句话就有些戏剧性在里面，用了"请"，还用了比较严肃的"女士"。后来汤瑾诗觉得这句话也是有着一股"记者味"的，拿腔拿调，带着股职业特权垫底儿的傲慢，还有以某种程度的侵犯为原则的阴险劲儿。

汤瑾诗打开一道门缝狐疑地看对方。寸头，文化衫，在汤瑾诗眼里这不过是个毛头小年轻。

"您好，我们是电视台的记者，想就您的个人情感问题进行一些采访——"小年轻尽量不动声色地说。

汤瑾诗来不及揣摩这个要求。对方话音未落，汤瑾诗的眼前就闪出了一台摄像机和一张女人愤怒的脸。这两样东西都很吓人，像劈面而来的两只拳头。完全是条件反射，汤瑾诗迅速关上了门。汤瑾诗的心咚咚地跳，外面的动静也不小，但汤瑾诗只听到自己的心跳声。好半天，汤瑾诗才缓过神，于是，像被熨斗熨展了狰狞的褶皱，像攥紧的拳头松展开，那张女人愤怒的脸在汤瑾诗的脑子里还原成艾小娥的模样。汤瑾诗有些明白了，结合着艾小娥在门外的咆哮，她渐渐搞懂了自己眼下的处境。

“开门！把全小乙交出来！”

“汤瑾诗你要给我个交代！”

“不要脸不要脸不要脸！”

艾小娥的呐喊声一浪高过一浪，同时开始撞击铁门，大约是用上了脚，咣咣的，排山倒海一样。汤瑾诗的脑子被踢乱了，心被踢颤了，因为搞清了缘由，就更加紧张。失措间，汤瑾诗首先想到了周瑶石。这也是下意识在作祟。面临危险的汤瑾诗，需要被援助的汤瑾诗，下意识里第一个想到的，就是强有力的周瑶石。

汤瑾诗用手机打过去，周瑶石劈头一句：“到哪儿了？”

汤瑾诗被问得一愣，想一下，才嘘着气说：“周局，我不能去了……”

“什么意思？”周瑶石沉下声，“大家等半天了，不是说换件衣服就来吗？——咦？你家在搞装修？”

“不是装修，哪里是装修哟……”汤瑾诗开始说明自己眼下的形势，当然，有些语无伦次，“我被记者堵在家里啦，他们要拍我，我很怕，周局你要救我……”

讲了大约有三分钟，电话那边的周瑶石居然听明白了。这就是聪明人，能够迅速把握复杂事物的要领。

“那女人是在踢你的门吧？”周瑶石问，好像还有些饶有兴味。

他一问，门外的动静就铺天盖地而来，让汤瑾诗觉得自己是处在风口浪尖。

周瑶石又问：“那个男人在你家里？”

“没有，绝对没有，这是一场误会啊！”汤瑾诗申冤般地叫起来。

“那你就开门让他们看嘛。”

“周局你都听到了，那女人在发疯哟，她会打我的，她打我怎么办？他们一帮人啊，我一个单身女人，我为什么要给他们开门啊……”汤瑾诗觉得自己要哭了，委屈得无以复加。

周瑶石像安排工作一样地安排道：“那好，你不要开门，如果闹得太厉害，你给老赵打电话，让她过去一下。”

老赵是局里的工会主席，汤瑾诗正在想要不要把老赵搬来，手机紧跟着响起来。是门外的记者打进来的，因为只有一门之隔，汤瑾诗的耳朵里就出现了重声的效果。一里一外，两个声音同时说：“汤女士，我们是都市频道《情感踪迹》栏目的，艾女士委托我们来做这期节目，希望您能配合。”汤瑾诗觉得这句话是一连串费解的概念，譬如，她需要想一下，才能把“艾女士”和艾小娥画上等号。

与此同时，另一个声音旁白似的说：“她为什么不敢开门？她不敢开门肯定在里面嘛！”

这一下，汤瑾诗不用想，就知道是“艾女士”在说话。

汤瑾诗大声说：“全小乙不在我这里！他根本不在我家！”

对方说：“我们拍到他从你家出来过。”

汤瑾诗一阵天旋地转，旋转之后，反而清醒了，由此倒也镇定了。

“这能说明什么呢？我们是朋友，”汤瑾诗笃定地补充道，“我们是从小就认识的朋友。”

“既然这样，我们能当面谈谈吗？”

“现在这种状况，不能！”汤瑾诗断然拒绝。

镇定下来的汤瑾诗就恢复到了文化局办公室主任的角色里，她有些后悔刚刚向周瑶石求助了，庆幸没有盲目地把老赵弄来。汤瑾诗向门外的记者开出了条件：要谈可以，她乐于澄清事实，但是首先，“艾女士”不要在场，她不愿冒和情绪失控的“艾女士”见面的风险；其次，她不愿面对镜头。愤怒的艾小娥和冰冷的摄像机，汤瑾诗现在拒绝的就是这两样东西——“这个自由我还有吧？”

“你没有勾引别人丈夫的自由！”艾小娥在外面铿锵有力地回答，同时又是一声响亮的踢门声。

汤瑾诗闭上眼睛，索性静静地聆听起艾小娥在门外制造出的狂暴之声，那种力度，让汤瑾诗难以和娇小的艾小娥联系在一起。手机并没有挂断，记者兀自在饶舌。许久，汤瑾诗回一句：“你们没有权力这样，请你们离开。”连她自己，也觉得有气无力，于是，过犹不及地补充说，“我和仝小乙是朋友，我像他姐姐一样，我们是从小的朋友啊……”

说话间汤瑾诗睁开了眼睛。她靠在门厅的玄关上，对面就是穿衣镜，睁眼便看到镜子里的自己。镜子里的汤瑾诗因为那条新裙子，也有了种难以立刻分析出的别扭，这让她在一瞬间恍惚起来。

三十四岁的汤瑾诗是在离婚后的第二年坐上了文化局办公室主任的位置。办公室主任是个什么性质的岗位呢？有个最简单的考量标准——没有一斤以上的酒量，就不是这个岗位上合格的人选。就任前汤瑾诗算了一下，自己前三十多年喝的酒总共加起来，怕也装不满一瓶。这就让汤瑾诗有了自知之明，她觉得自己不能胜任。

局长周瑶石却不这么认为。

“喝不了酒怕什么？酒量是可以锻炼的，就像感情是可以培养的一样。再说，你一个女人，别人总不好硬灌你，这恰恰是个资本，在场面上反而有优势。”周瑶石手一挥，“我决定了，就你做！”

在文化局，周瑶石决定了的，就得做。况且，周瑶石还把酒量和感情做了类比——都是可以循序渐进，逐步提高的。

话是这么说，可汤瑾诗想，周瑶石对自己所做的一切，却没有遵循这个规律。周瑶石对待汤瑾诗，就像他的领导作风一样，不由分说，雷厉风行。局里每年组织一次旅游，那次是去云南，在丽江落脚的当晚，周瑶石就敲开了汤瑾诗的房间。周瑶石喝酒了，但他并不以此为借口。周瑶石一把将汤瑾诗拉进怀里时，还重申："我没醉，我知道我在干什么。"很磊落吧？那态度，就让汤瑾诗有了好感，有了逆来顺受的心理依据。但还是觉得突然，因为没有什么铺垫。之前周瑶石没给过汤瑾诗丝毫的暗示，在局里，也完全是上下级那种正常的关系，在汤瑾诗看来，周瑶石对自己还有些漠视。然而在这个丽江之夜，周瑶石说来就来，来了就把她扔到了床上。那性质，完全是从天而降，是一蹴而就，没有锻炼，没有培养，没有循序渐进和逐步提高，不啻一口气给汤瑾诗灌进了一瓶烈酒。好在那时汤瑾诗刚刚离了婚，身心都有基础承受这瓶烈酒。

其后，汤瑾诗和周瑶石密切起来。他们是走了反方向的路，先有了结果，再去补充过程，有些补课的意思。周瑶石是强势男人，即使补课，也弄成温习的样子，好像一切早已熟稔，不过是温故而知新。时间一长，让汤瑾诗也糊涂起来，觉得自己天经地义就该和周瑶石绑在一起。有人恭维周瑶石，说他是这座小城最成功的男人。怎么说呢？做官，周瑶石做到了局级干部；为文，周瑶石每年一部长篇小说，还兼了市作协的主席；最后还有一条厉害的，周瑶石以自己老婆的名义开着市里最大的酒楼，生意常年不衰，可谓日进斗金。当别人还在追求两条腿走路的平衡时，周瑶石已经是用三条腿走路了，而且，三条腿都很硬，这就让他在人生的道路上四平八稳，进退自如。和周瑶石密切过一段日子，汤瑾诗的心思难免会有些循序渐进，就是说，感情被培养出来了。但汤瑾诗不算是个糊涂女人，周瑶石的家庭和事业一样牢不可破，汤瑾诗想，这样的男人，你不应当对他企图什么，有幸的话，顶多轮上被他企图一下。这个结论一度挫伤了汤瑾诗，让汤瑾诗发现，和周瑶石的关系已经损害到了她的自信心。以前的汤瑾诗，不能说豪情满怀，却也是感觉良好的，不如此，她也不会随手就丢弃掉一段不错的婚姻。

原来周瑶石说得一点没错，汤瑾诗的酒量的确和感情一样可以锻炼和培养，汤瑾诗在场面上也的确有性别的优势。一来二去，汤瑾诗就是个合格的办公室主任了。汤瑾诗不急不躁，不吵不闹，由着周瑶石来锻炼培养，于是既锻炼培养出了感情，也锻炼培养成了办公室主任。

如果说做办公室主任除了喝酒，再没有别的优越性，那么汤瑾诗也不会心甘情愿地接受改造，好比如果不是周瑶石，换了其他的男人，汤瑾诗也不会这么低首下心，像块石头似的把自己交出去任由打磨。当然不是这样——做了主任不久，汤瑾诗的酒量改观还不大，就已经买了辆三十多万的雷克萨斯。

汤瑾诗喜欢车。在车里汤瑾诗是另一个人，这个空间给她驾驭感，心理方向是“前进”的，觉得命运像道路一样，还是高速公路，禁止掉头，总是往前延伸，并且隐约地可以被把握。

开车的时候汤瑾诗觉得做一个单身女人也不错。下了车，汤瑾诗还是打算给自己找个丈夫。周瑶石非但不能企图，由此还克服了汤瑾诗性格上自恋的一面，让她成为一个能认清形势、摆正位置的女人。而且，当初离婚的时候，汤瑾诗就已经把物色下一任丈夫提到了自己的既定日程上。这说明，婚姻并没有给汤瑾诗造成什么阴影。事实上也是这样。前夫是个基本上没大毛病的男人，导致婚姻失败的责任，更多是在汤瑾诗自己。离婚前的汤瑾诗，缺乏锻炼和培养，感觉良好，自恃颇高，不免就有些漂亮女人的通病，认不清形势和摆不正位置。

汤瑾诗物色丈夫，不是采用那种广种薄收的办法，她没有那么迫切。而且，身边有周瑶石这样的标尺，汤瑾诗心里就好像有了一个漏洞巨大的箩筛，随便一筛，大量不符尺寸的男人就被筛掉了。汤瑾诗接触过几个后，跟康至确定了关系。康至的条件比不上周瑶石，但也相差无几，海归，律师，还兼着大学的客座教授，说不上三条腿，两条腿起码是站得稳的，所以被筛子遴选出来了。

周瑶石并不妨碍汤瑾诗规划自己的生活。很好玩的，康至就是周瑶石介绍给汤瑾诗的。周瑶石跟康至家是世交，有些错综复杂的关系在里面。做康至的女朋友，周瑶石之于汤瑾诗，就是一个“叔叔”的身份。汤瑾诗那时候以为，面对周瑶石这样的男人，只要你摆得正自己的位置，随时调整好“周局”与“叔叔”这两种不同的形势，他就不会妨碍你。非但不会妨碍，而且，还会时时伸出援手。譬如，周瑶石许诺，下一步，副局长的位置就是汤瑾诗的。汤瑾诗本来是个不思进步的女人，在仕途上几无追求，但周瑶石是个推动力，一步一步，就把汤瑾诗鞭策出了积极向上的面貌。

一切看起来按部就班，就是梦幻般的现实和现实般的梦幻，归根结底，当然还是现实。汤瑾诗离婚后的生活并没有脱轨，反而有些蒸蒸日上的趋势，一个新的婚姻，一个条件上乘的丈夫，一条意外铺就的仕途，不出意外的话，似乎都指日可待。

可是意外却出现了。

这个意外就是全小乙。

局里和电视台合作搞晚会，主题是“抵制黄赌毒，提倡健康文明的文化活动”。在“赌”这一块，电视台推荐了个奇人。此人号称“骰子王”，破过吉尼斯纪录，一摇之下，能够随心所欲地让几十粒骰子完成五花八门的组合。如果能请来此人倡导禁赌，效果一定会事半功倍。但既然是奇人，当然便有奇人的派头。“骰子王”很难请，据说本地电视台三番五次邀请他上节目都被拒绝了，只有一次例外，让中央电视台拍过。周瑶石让汤瑾诗落实一下，说好了不是硬任务，能请来最好，请不来再想其他办法。汤瑾诗心里却已经多少有了把握。汤瑾诗想，应该不会错，世界上难道会有两个全小乙？这个奇人就叫全小乙。

全小乙是三路电车的司机。汤瑾诗没有找公交公司，直接去了三路电车的终点站。等过去几趟车后，全小乙就出现在汤瑾诗面前了。全小乙从车上跳下来，举着个硕大的搪瓷缸子，一边豪饮一边往调度室走。正是盛夏，全小乙穿着二指背心，背心向上卷起来，胸罩一样横在胸前，露出的小腹深陷下去，像饿了三天的肚子。果然是同一个人。汤瑾诗觉得时隔多年，全小乙居然基本上没什么变化，连放大了一号都谈不上，只是拉长了一截，而且，拉长了的也只是身子，脸的大小还是当年的规模。

“小乙！”汤瑾诗叫，同时按下喇叭。

全小乙置若罔闻，自顾往前走。汤瑾诗只有把头伸出车窗，大声叫他。全小乙朝汤瑾诗的方向望，只看了一眼，就欢呼着奔了过来。

后来全小乙说，这么多年了，汤瑾诗也没怎么变，尽管她只从车里露出了一颗头，尽管这颗头上还遮着副太阳镜，但还是被他一眼就认了出来。“哎呀，我想啊，你就是到了八十岁，我也能一眼就认出你！”

全小乙这么说夸张吗？倒也未必，至少，汤瑾诗自己就觉得全小乙还是从前的样子。这种感受当然是主观的，没有人三十多岁了还是七八岁时候的样子。这种感受的依据是情感，有了情感，岁月对人的改造便显得微不足道了。

小的时候，汤瑾诗和仝小乙是邻居。有段时间，双方的家长都忙，把他们托在一个姓金的妇女家里。每天放学，汤瑾诗和仝小乙就结伴去“金阿姨”家吃饭，然后一起做作业，等到天黑，被父母各自接回家去。仝小乙从小就单薄，七八岁的儿童大多肚皮浑圆，仝小乙的肚皮却总是前胸贴着后背，俨然一个非洲孤儿，当然不是饿的，是天生就长成那样。汤瑾诗比仝小乙大两岁，长得也结实，就有些姐姐的样子，在外面护，在金阿姨家让。仝小乙也把汤瑾诗当成一个依赖。汤瑾诗和仝小乙结伴生活了几年，后来汤瑾诗家搬走了，这种日子才宣告结束。至此两人便断了消息。

汤瑾诗不敢肯定，自己真的到了八十岁还能被仝小乙认出，但现在自己三十四岁了，仝小乙至少能够毫不迟疑地就将自己辨认出来，这种确认，让人有种辛酸的感动。汤瑾诗当然清楚岁月都在自己身上做了哪些手脚，有些部位，对于一个三十四岁的女人而言，岁月甚至是下了狠手的，说是败坏殆尽也不为过。但在仝小乙毫不迟疑的确认之下，这些损害被一笔勾销了，让汤瑾诗倏忽回到了完好无损的女童时代。

两人的重逢毫无障碍，二十多年的时光仿佛根本不存在，一接上头，就像回到了当年结伴上金阿姨家吃饭的时候。汤瑾诗说明了来意，全小乙自然是满口答应。全小乙说话还是和小时候一样，是一种感慨万千的风格：“我要感谢这样的宣传！抵制黄赌毒，不抵制，我们也不会重逢的！哎呀，嘿！好……”他不住地喟叹，几乎要感谢“黄赌毒”。汤瑾诗倒不觉得全小乙荒唐。在汤瑾诗眼里，全小乙就是个“弟弟”。既然是弟弟，夸张些，激动些，东拉西扯地喜不自禁些，也无伤大雅。

全小乙还要上班，按他的意思，当时就要跟汤瑾诗走，结果被汤瑾诗阻止了，劝他不要影响工作。两个人约好晚上在“浮水印”见。

“浮水印”是家咖啡厅。汤瑾诗先到的，坐了大约有一刻钟，全小乙来了。全小乙的出现不但令汤瑾诗大吃一惊，咖啡厅里所有的人都被他搞得瞠目结舌。全小乙穿着一件黑色的风衣，戴着黑色的礼帽，系着白色的围巾，拎着一口旧皮箱。有脑子比较快的人看出了苗头，叫一声：“许文强！”不错，全小乙就是按照电视剧里那个著名的人物打扮的。全小乙旁若无人，款款地走到汤瑾诗面前坐下。

汤瑾诗不免有些尴尬，低声问他：“发疯啊，你搞什么名堂？”

仝小乙手一摊：“我表演的时候是这样的，这是我的演出服。”

汤瑾诗说：“没让你在这儿演出啊，你听不到吗，别人都在笑。”

仝小乙严肃地四周看看，不高兴了：“我是要表演给你看，不穿成这样，哎呀，你知道吗？我就摇不了骰子。让他们笑，大惊小怪！你看好了，一会儿他们鼓掌都来不及！”

仝小乙把自己的旧皮箱放在桌面上，郑重其事地打开，里面摆着一排塑料罐子，每只罐子里都塞满了花花绿绿的骰子。骰子和平常见到的不太一样，有底色，花花绿绿，每一粒都珠圆玉润，很精致的样子。仝小乙捏起一粒：“拉斯维加斯弄来的！”他的行头和举止成了咖啡厅的焦点，大家都眼巴巴地看他。仝小乙拿出只罐子，抓出把拉斯维加斯弄来的骰子，看架势，就是要表演了。但却又停下来，眉头皱成一块疙瘩。怎么了呢？大家拭目以待。“不行呀，”仝小乙捻起桌布的一角，

“要玻璃，桌布不够光滑；要玻璃，不要桌布！”这就好像抖了个包袱，汤瑾诗的好奇心被吊起来了，问服务生有没有“玻璃”桌面的位子。

于是就换了张桌子。“玻璃”桌面的，全小乙用手指来回摩擦，吁口气，眉头开了，看来是满意了。在桌面上间隔均匀地摆上一排骰子，全小乙人站着，白色的围巾甩在肩后，右手开始摇晃罐子，左一下，右一下，幅度逐渐加大，速度逐渐加快，突然，下手了——罐子向桌面的骰子扫去，一粒骰子消失了，再扫回来，又消失一粒，风卷残云一样，一排骰子片刻间被全小乙收在了罐子里。已经有围观者了，有人发出喝彩。但还没完。全小乙手中的罐子摇得飞快，哗啦哗啦，哗哗哗，哗——行云流水间，电光火石般地突然收手，啪的一声，扣在桌面上，然后，缓缓亮开。怎么样呢？十多粒骰子笔直地磊在一起，当然没多高，但居然有着高耸入云般的气势！掌声响起来了。怎么说呢？像全小乙说的：掌声很踊跃，很积极，就像怕来不及似的。

汤瑾诗笑了。汤瑾诗看出来了，全小乙的舞台感很强，他这手绝活，只有配合舞台气氛才能淋漓尽致地展示，风衣，围巾，一个都不能少，当然还有那顶帽子，此刻全小乙就摘下它，贴在腹部，微微躬身向观众们致意呢。

掌声激发了全小乙的热情，他又接连表演了几手，哪一手都堪称神奇，哪一手都很过硬。全小乙也越来越从容了，就是说，进入角色了，他那身不伦不类的打扮，也跟着恰如其分起来。现在全小乙是一个风度翩翩的主角。手中的罐子落下后，全小乙会有一个短暂的静止，凝神倾听，听什么呢？听的是某种神秘之声，然后，他会松下一口气，轻声说句："行了！"再亮开罐子，果然就行了——拉斯维加斯的骰子们像是被上帝严格砌成的一样，摆出了预定的造型。

"浮水印"里气氛热烈，像是在给全小乙开专场晚会。汤瑾诗眼看这里已经不是能安静说话的地方，招呼全小乙离开。两人是踏着掌声离开的"浮水印"，很隆重。和全小乙并肩走着，他那副行头，更让汤瑾诗有种如在戏中的感觉。

上了汤瑾诗的车，全小乙点着支烟。汤瑾诗的车上是严禁吸烟的，这一点，连周瑶石也不例外。但汤瑾诗忍了忍，并没有阻止全小乙。就是说，全小乙一开始，在汤瑾诗这里就是个"例外"。而汤瑾诗，在全小乙那里也是个“例外”。“我从来不在这种地方表演的，”仝小乙强调说，“你知道吗？我今天为了你才破例的！”

汤瑾诗笑了笑，问他怎么练就的这么一手绝活。仝小乙说：“玩呗，哎呀我就是爱玩，只要是我爱玩的，我就是不要命了，也要把它玩好！你是不知道，我玩坏的骰子就有几麻袋，怎么玩坏的呀？就是摇碎啦，奇怪吧？能把骰子摇碎，我这个人真是了不起！我自己都很佩服……”仝小乙坐在副驾驶的位子上吞云吐雾，汤瑾诗眼睛的余光里就是一个“许文强”的影子。

拉着个“许文强”，汤瑾诗就不好招摇过市了，最后干脆停在一个僻静的地方，坐在车里和仝小乙说话。

两人各自说了说自己的状况。仝小乙的经历比较单纯：中学毕业后参军，复员后进公交公司开电车，结婚几年了，没孩子，最大的亮点就是成了“骰子王”，正经被吉尼斯纪录确认了的，上报纸，上电视，好像家常便饭一样。“我上的是中央台，市里的我才不去，我不想让他们随便拍我。”仝小乙郑重地说。汤瑾诗的经历也貌似单纯，要不就是她有意忽略了一些难以言传的环节：大学毕业进文化局，结婚，离婚。

“离婚了呀？”仝小乙果然感慨万千起来，“怎么要离婚哪？多可怜啊！”

汤瑾诗笑着附和：“是啊，可怜吧？”

话音未落，仝小乙的手就伸了过来，握在她的右手上。仝小乙的手指很长，很瘦，像几根铁丝，在汤瑾诗手上不软不硬地缠了一圈。汤瑾诗由着他缠着，知道这是仝小乙在对自己表示慰问，汤瑾诗也能很自然地接受，结果是，一接受，就真的生出了一些“可怜”的感觉，脸上的笑在黑暗中不知不觉凝固了。

这时仝小乙另一只手也伸过来了，攥成拳头，举在汤瑾诗眼前，展开：“你的还在吧？我想啊，你的一定不在啦。”

车里没有开灯，就着街边的路灯，汤瑾诗看到仝小乙的掌心里有一片幽暗的光。

那是一片碎瓷。汤瑾诗隐约记起来了：小时候，有一次汤瑾诗不慎打碎了金阿姨家的一只瓷碗，这不算太严重的过失，但在两个小孩眼里，却是不小的乱子。仝小乙建议把碎片扔进炉子里，赶在金阿姨发现之前毁尸灭迹。金阿姨家烧炭块，时值严冬，炉火正旺。两人把碎片投入火中，不知道什么原理，火焰骤然一亮，腾起蛇一般的舞蹈，似乎那些瓷片真的燃烧了起来。第二天，仝小乙在金阿姨家门前的炉灰里发现，那些碎瓷完好无损，只是被熏得乌黑。两个小孩对这些碎瓷感到惊奇，它们经历了摔打和烈焰，淬火后质地居然完好如初。汤瑾诗和仝小乙将它们从灰烬中挑拣出来，仔细地冲洗干净，一人选了一片形状好看的收藏起来。他们发誓说，要各自永远保存自己的瓷片。这也是孩子气的做法，庄严地给自己虚拟出可贵的情感和神秘的信物，以此滋生一些天真的寄托。

时隔多年，仝小乙变戏法似的又把他的宝贝变了出来，如他所言，三十四岁的汤瑾诗当然变不出这样的把戏了。

二

艾小娥持之以恒地砸门，砸出了多重声部合唱般的节奏，时而低回，时而昂扬。汤瑾诗的恍惚因此不可能长久，愤怒的“艾女士”不给她这样的权利。汤瑾诗定了定神，拨通了仝小乙的电话。仝小乙好像手里正攥着手机，迫不及待地等着接听一样，铃声只响了一下，声音就传过来了：“哎呀——”

汤瑾诗打断他：“你家艾小娥带了电视台的人在我

这里闹。”

电话那头的仝小乙显然是愣住了，发出些气泡似的“呃呃”声：“电视台？不会吧？哎呀怎么能这样搞？艾小娥有毛病了吗？”

汤瑾诗火了：“你不要问我！你把你老婆弄走！”说完就挂断了手机。汤瑾诗很懊恼。太草率了，自己真的是太草率了，小到一条裙子，大到一个男人，都大而化之的，裙子不合适顶多是别扭，男人不合适，就是灾难啊！

门外传来手机铃声。艾小娥在接电话。然后一切戛然而止。他们撤走了。真的撤走了吗？汤瑾诗不敢确定，趴在窗子上望，看到他们出了楼洞，上一辆有着电视台标志的面包车。钻进车门的一刹那，艾小娥突然抬头，目光箭一般射了上来。汤瑾诗惊慌地闪到了窗帘后面，但还是鸟儿般的感觉到一股凉意。

汤瑾诗想以前怎么就没有发现艾小娥的目光会像箭一样的射人呢？初次见到艾小娥时，汤瑾诗觉得艾小娥和仝小乙蛮般配，艾小娥仝小乙的，三十多岁的女人了，还像个没长开的初中生，个子大约也就一米五的样子，完全没有胸，看人的时候眼神软软的。汤瑾诗心里想，这个艾小娥怕是有些先天不足，体质有问题。可全小乙却说艾小娥结实着呢，“她呀，可厉害呢!”全小乙说的时候笑嘻嘻的。这样一个单薄的小女人，怎么个“厉害”法？汤瑾诗按照经验来会意，然后暗骂自己无聊。艾小娥也是公交车司机。有一次，汤瑾诗在路上看到艾小娥，她们的车恰好都停在红灯前，汤瑾诗一抬头，看到身边那辆公交车上的艾小娥。艾小娥坐在驾驶员的位置上，那么大的一辆公交车，那么小的一个女司机，两相比照，就是个“无人驾驶”的效果。汤瑾诗被这种反差弄得心里怪难受的。那时候汤瑾诗觉得艾小娥是个惹人心疼的小女人，孰料，“她呀，可厉害呢!”

按照热力学第二定律：事情总是“越变越糟”。汤瑾诗现在就验证着这条定律。

天色黑下来。汤瑾诗不开灯，躺在沙发里思前想后。晚饭说好是要出去吃的，局里招待客人，本来汤瑾诗现在是要以办公室主任的身份出现在饭局上的，可是现在只能饿着肚子躺在黑暗里。周瑶石的电话又打进来过一次：“怎么样?”汤瑾诗不想多说什么，只说是没事了，人已经走了。汤瑾诗听出来了，周瑶石有些不快，这提醒她，周瑶石似乎在暗示她做出些解释。这种暗示，让汤瑾诗恨恨的，感觉周瑶石是在雪上加霜，是逼债的黄世仁。汤瑾诗现在只想一个人安静地把事情理理清楚，她向周瑶石请假，说要休息几天。周瑶石一声没吭，挂了手机。

整个晚上汤瑾诗都没怎么睡实。

汤瑾诗想明天要教训全小乙一下，让全小乙认识到问题的严重性——他已经极大地扰乱了自己的生活，必须悬崖勒马。可是一想到在这种时候和全小乙见面，说不定会成为把柄，汤瑾诗的心就乱成了一团。电视台的记者说拍到过全小乙从汤瑾诗家出来，汤瑾诗回忆了一下，全小乙最后一次来自己这里，是五天前的事，就是说，至少，她已经被电视台的摄像机监视了五天！“监视”这个词一跳出来，汤瑾诗立刻就缩住了身子，好像显微镜下的细菌一样。人是经不起被监视的，一被监视，再清白的人都会被弄出马脚。汤瑾诗飞快地检点了一下自己五天来的生活，所幸，似乎没有格外的破绽，至多是去过一次康至的律师楼，康至是自己名正言顺的男朋友，即使两人去宾馆开房间，也无可厚非。但心里已经是战战兢兢的了。以前汤瑾诗没有审视过自己的生活，这天夜里，在这种局势下审视一番，汤瑾诗发现自己的生活原来如此不可告人：周瑶石，康至，全小乙，本来条分缕析、各有侧重的几个男人，却都搅在了一起，简直就是一团乱麻。

汤瑾诗想不通，怎么本来好像蛮顺畅的日子，一经分析，性质就变了呢？这样的日子是不堪承受被“监视”之重的。现在必须理清头绪了。全小乙不用说，必须快刀斩乱麻，他显然是个祸害。其次是周瑶石。周瑶石在电话中透露出的不快，让汤瑾诗有所觉悟，这世界上根本不存在对女人没有妨碍的男人，既然全小乙这样长不大的男人都能制造出麻烦，周瑶石一旦发作，该是什么威力？最后是康至。仔细一分析，这个男人也应该从生活里摘出去，他是周瑶石介绍的，做了自己的丈夫，终究会埋下隐患……

七算八算，汤瑾诗自我检讨的结果是：自己的生活竟是危机四伏着的。更加糟糕的是，汤瑾诗发现，如果把生活中的男人全部清理掉，那么生活就不成其为生活了，它会难以为继，一下子垮掉，变得一无是处。全小乙先不去说，汤瑾诗想，自己的生活在周瑶石这里已经打上了死结，这个结一旦解开，稀里哗啦，生活就有散架的可能性。怎么说呢？汤瑾诗的生活和周瑶石绑在一起的太多了，简直就是生活本身，甚至连康至这个男朋友，都是这条绳上的。

刚刚尝试着炒股的汤瑾诗想，就像在股市一样，自己被套牢了。

就这样，本来是全小乙惹出的事端，不知不觉，汤瑾诗紧张的神经却绷在了周瑶石身上。当然，周瑶石是汤瑾诗生活中的主要症结，但是也说明，汤瑾诗在这个晚上依然是没怎么把全小乙放在心里。

汤瑾诗在清晨迷迷糊糊地睡过去，她感觉自己只是闭了下眼就被电话吵醒了。其实这时候已经不早了。

电话是周瑶石打来的："你马上来局里，有事要和你谈。"

汤瑾诗还在睡意当中，电话铃本身已经吓到了她，周瑶石严厉的口气更是让她半天回不过神。汤瑾诗躺在床上，浑身汗涔涔的，有种虚脱的无力之感。后来汤瑾诗几乎是挣扎着爬了起来，去卫生间冲澡时，一眼看到镜子里面的自己，汤瑾诗立刻再次受到了惊吓。一夜之间，岁月就把这个三十四岁的女人还原成了她应当被损害到的那个程度，平日的保养，维护，统统无效了。这种损害是根子上的，完全符合热力学第二定律：镜子里的汤瑾诗，潦草，凌乱，就是种“越变越糟”的颓唐之势。更令人触目惊心的是，汤瑾诗发现自己的小腹竟然微微突出了！汤瑾诗恍然大悟，原来这就是令那条裙子别扭的根源啊——自己的身体走形了，以前的尺寸已经难以妥帖地掩藏这个身体了。汤瑾诗捧着小腹怔忪地站在水中。小腹那里所发生的变化，不过就是多了圈微乎其微的肉，但在一个女人心里，却是沧海桑田般的翻天覆地。

汤瑾诗赶到局里时已经是中午了。文化局不是考勤严格的单位，上班时间大楼里都没多少人气，这个时候，更是空空如也。周瑶石等在办公室里，汤瑾诗一进去，就感觉到气氛很不好。

周瑶石一言不发地盯着汤瑾诗。在汤瑾诗的经验里，周瑶石还从来没有过这种态度。汤瑾诗经验里的周瑶石，要么直截了当，要么不屑一顾，从来不这么引而不发地盯着人看。汤瑾诗以为周瑶石在为昨天的事生气。在路上汤瑾诗已经基本想好了怎么对周瑶石解释。在这件事上，汤瑾诗并不认为周瑶石有多大的理由恼火，她觉得，周瑶石此时的态度有些过于夸张。

事实却比汤瑾诗以为的要严峻得多。

今天一大早，艾小娥就带着电视台的人来了文化局。他们不是要找汤瑾诗，而是要求采访“一把手”。局里的干部阻拦，理由很充分：这都什么年代了，个人隐私，根本不需要单位领导表态。但艾小娥闹得很凶。艾小娥半张脸肿着，她说是昨天晚上被自己丈夫打的。艾小娥仰着半张肿脸，哭着说，逼急了她就从文化局的楼上跳下去！“一把手”周瑶石并不吃这一套，坚决不见，也不指派任何人去安抚，干脆就命令保安把他们轰了出去。

“你知道吗？电视台的记者扬言要给文化局曝光，”周瑶石顿了一下，“当然，我不会在乎他们搞这种名堂——我之所以不接待他们，也是为了你。你想一想，这个时候配合他们，不就是助长他们了吗？”

汤瑾诗呆若木鸡。汤瑾诗的内心没有多少波澜，脸上也只是一派茫然。汤瑾诗不觉得这一切都是真的。

这件事在局里弄到了尽人皆知，周瑶石分析，肯定会有人幸灾乐祸。汤瑾诗作为副局长的人选，并不是那么令人服气，这是“隐患”，今天出了这种事，就是“明火”了。其他的事，有周瑶石顶着，但“这种事”，周瑶石说：“你必须自己善后。”

汤瑾诗的眼泪一下子滚了出来。周瑶石的“这句话”比“这种事”更有杀伤力。

周瑶石好像就是在等汤瑾诗的眼泪。汤瑾诗木然地哭，他就欣赏般地看着。看了一阵，才说：“不过，我会安排，以组织名义去和电视台接洽，帮你澄清事实，并且抗议他们的做法——毕竟，你是文化局的干部，毕竟，他们扰乱了文化局的工作秩序。”

汤瑾诗依然在哭，但没有哭泣时的那种心理反应。毋宁说是在哭给周瑶石看。

“好了，不要哭了。”周瑶石敲敲办公桌，“说说吧，你和那个开电车的——嗯，摇骰子的——究竟怎么回事？”

那么，汤瑾诗和那个“摇骰子的”究竟是怎么回事呢？汤瑾诗自己也很难说得清楚。

全小乙为汤瑾诗上了次市里的电视，在文化局主办的晚会上大显身手，寓教于乐，以“骰子王”的身份倡导禁赌。晚会很成功，周瑶石很满意。“我是破例了，真的是破例了。”全小乙强调这一切都是为了汤瑾诗。汤瑾诗相信全小乙说得不假，但觉得全小乙为她这样破一破例，也没什么大不了——她不是也破例让全小乙在自己车上吸烟了吗？怎么说呢？两个人都有种天经地义的架势，把为彼此“破例”当作一种优待，像私下收受了某种特权。

汤瑾诗把全小乙带到自己母亲面前。奇怪的是，母亲却根本认不出当年的这个小邻居，汤瑾诗说了半天，母亲依然“哦哦哦”。汤瑾诗想不通，怎么在自己眼里几乎是一成不变的全小乙，到了母亲眼里，就成了“哦哦哦”？这里面是有点儿蹊跷啊。汤瑾诗想，莫非，有一种线索，只对她和全小乙有效，是他们相互辨认的依据，别人根本无从捕捉。全小乙也把汤瑾诗带到自己家里。遗憾的是，全小乙的父母都已经去世了，没法让汤瑾诗鉴定一下时光对自己的改造程度。但汤瑾诗见到了艾小娥。艾小娥已经知道了汤瑾诗和全小乙的关系，一见面，就腼腆地叫汤瑾诗“姐”。汤瑾诗被叫出了做姐姐的感觉，再次见面，就买了几件衣服给艾小娥。全小乙的日子并不轻松，他那个公交司机之家，物质生活极大的不丰富，这是一目了然的事。但这个艾小娥，却有些不亢不卑。汤瑾诗送东西给艾小娥，艾小娥倒也不推辞，可一转眼，就让全小乙送了双鞋来。汤瑾诗看着那双鞋，有些莫名其妙。汤瑾诗潜意识里是有些优越感的，觉得自己居高临下。结果，这个艾小娥却注重国与国之间的平等，弄成了礼尚往来。

汤瑾诗对仝小乙说："你家艾小娥怎么这么客气呀？"

仝小乙说："这不是客气，这是艾小娥懂礼貌！"

汤瑾诗说："跟我讲什么礼貌哇？"

仝小乙说："那也是你先跟艾小娥讲礼貌！"

事情过去了，汤瑾诗也没怎么放在心里。有一次，汤瑾诗在商场里看到那种鞋，一问，价格居然和自己送出的几件衣服基本等值。这个发现让汤瑾诗怔住了，心想，这肯定不是巧合吧，没有这么巧的事，显然，艾小娥是做了细致的工作，才还回来的这双鞋。先不说这些衣服鞋子之间复杂的数字换算，仅就双方支付出的数额来说，艾小娥就承受了一次不平等的压力——这双鞋对于一个女公交车司机来讲，实在太贵了。汤瑾诗觉得平白给艾小娥添了麻烦，同时，对艾小娥也有了些微妙的看法。此后的交往，汤瑾诗就比较注意了，不再送什么礼物，反而是艾小娥，用毛线织了手机套之类的东西送给汤瑾诗。女人和女人之间，时常就有些这样的小斗争，其中的玄奥，有时候也很惊心动魄。汤瑾诗觉得这很可笑，艾小娥这个小女人有些小题大做，紧张得都让人心疼了。

和艾小娥的缜密比起来，全小乙完全就算得上是一个浑浑噩噩的人。这个全小乙把自己所有的精力都放在玩上了，他太爱玩了，而且玩得纯粹，玩得不遗余力。在这种精神之下，全小乙把自己玩成了“骰子王”，下的那番功夫，让汤瑾诗不由得都要生出敬仰来。汤瑾诗在全小乙家亲眼看到了那几麻袋被摇碎了的骰子，四分五裂的它们见证了一个“骰子王”是怎样练成的。可是这个全小乙玩出名堂后，却不学以致用。各种机会接踵而至，请他长期表演的，年薪一开口就是六位数。全小乙却不为所动，继续在盛夏里卷起二指背心做他的电车司机。汤瑾诗问全小乙：“你傻呀？就这么爱开电车？多挣些钱，也让艾小娥享享福。”全小乙被问得张口结舌，他自己也说不出个所以然，瞪着眼睛说：“我就是爱玩喽！——我没想过去挣钱——为什么要让艾小娥享享福哇？——哎呀——艾小娥现在是在受罪吗？——我看艾小娥很幸福嘛！”全小乙自问自答，让汤瑾诗有些怀疑自己的幸福观，是啊，凭什么要认为人家是在受罪呢？

全小乙的体格小于成年男人的平均值，艾小娥更是个袖珍女人，看着这两个比别人小一圈的夫妻，汤瑾诗觉得他们像一对生不逢时的精灵，有些古怪的可爱，也有些古怪的可笑。

总之，全小乙和艾小娥的生活态度，在汤瑾诗的经验之外。

汤瑾诗的生活经验来自于以下现实：

对于周瑶石，汤瑾诗在认清形势、摆正位置之余，也不免常常心生怨艾。毕竟，“认清”和“摆正”这两种姿态对人都是有些强迫性的，针对的是人顽固的本性——依着人的本性，天生都是“认不清”和“摆不正”的，所以就有个被矫正的痛苦在里面。而且，她和周瑶石的关系在局里几乎就是欲盖弥彰的，汤瑾诗时刻都要顶着同事们闪烁其词的样子。这种压力虽然无形，但像空气一样无处不在。就是说，汤瑾诗时刻活在被污染的空气里。

男朋友康至，这个把周瑶石叫“叔叔”的律师，有个让汤瑾诗难于启齿的嗜好。说起来不可思议，他们没有在床上做过爱。律师康至对自己的办公室情有独钟，每次约会，无论在哪里，最后一个提议总是：“去我办公室吧。”康至那间不大的办公室让汤瑾诗有些望而却步，在那里，康至往往是即兴式的，一改平时的温文尔雅，变得有些粗鲁，甚至粗暴，在汤瑾诗了无防范的情况下，突然行动，三下五除二，直奔主题。汤瑾诗从周瑶石那里得知，康至是携前妻一同出国留学的，结果，前妻跟她的导师搞在了一起。汤瑾诗联系起来想，认为康至热衷于在办公室里突袭自己，一定是对这件往事的报复性模仿。汤瑾诗分析，康至在类似办公室这样的场景中受到过刺激，怎么说呢？康至是把他当年远在异国受到的伤害，穿越时空，投射在自己身上了。这个结论让汤瑾诗很头痛，完全计较吧，好像也没有必要，可是，完全不计较，好像也说不过去。就算汤瑾诗心里不计较，但她的身体却要自发地计较，每次康至靠过来，汤瑾诗的身体就会隐隐约约弥漫出一股肃杀之气，也不知道康至是否能感觉到，反正，汤瑾诗是很为自己身体的擅自做主感到惊讶。汤瑾诗尝试着把康至向正常的方式引导，尽量在一些合理的空间亲近康至。可是，出了办公室，这个律师简直就是个谦谦君子，即使是在自己家里，也从不把汤瑾诗邀请到床上去。忍无可忍的时候汤瑾诗问他：“结婚后呢？难道我们也要住在你的办公室里？”康至回答一句：“这不是还没有结婚吗？”他机智的反问把汤瑾诗的质疑挡回去了，他并不正面回答，那意思是多解的，你可以理解为“结婚后会另当别论”，也可以理解为“还没结婚讨论这个问题纯属多余”。除了这个特殊的嗜好，康至堪称完美，但不解决康至的这个嗜好，汤瑾诗的心里就长期罩着块乌云了，面对康至时，身体长期地弥漫出肃杀之气。

汤瑾诗动过和康至结束的念头，不是很坚决，所以没有在康至面前表露。汤瑾诗对周瑶石含混地暗示了一下。康至是周瑶石介绍的人，由周瑶石来给自己安排男朋友，本来就是笔糊涂账，是汤瑾诗的温暖处又是汤瑾诗的伤心处，汤瑾诗内心的乌云和身体的肃杀可能与此也有些关系。汤瑾诗把了断的念头暗示给周瑶石，还怀有一些幽昧的动机，那就是看看周瑶石会如何反应。汤瑾诗不自觉地想试探一下人性叵测的那一面。周瑶石的反应很激烈。在汤瑾诗，这既有些出乎意料，又有些在情理之中。周瑶石说：“你不要胡思乱想！康至哪里不好？我给你介绍的人，怎么会有错！”周瑶石并不罗列康至好在哪里，似乎这是不证自明的，因为是“我给你介绍的人”。周瑶石只需要强调他在这里面的分量就足够了。汤瑾诗饶有兴趣地看着周瑶石慷慨激昂，好像一个置身事外的人，玩味着里面曲折的内涵。

很多时候，汤瑾诗都有这样的游离之感，仿佛一个旁观者，在打量那个叫汤瑾诗的女人如何在尘世中周旋辗转，调整着自己的形势与位置；而那个叫汤瑾诗的女人自己，含糊其辞，生活有个大致不坏的轮廓就行了。

做办公室主任，汤瑾诗的酒量纵然与日俱增，但终究也免不了会有喝醉的时候。喝醉了并没有多难受，难受的是，第二天那种生不如死的滋味：沮丧，厌恶，追悔莫及，甚至是痛苦无告。这种时候，汤瑾诗往往就认不清形势、摆不正位置了，成为一个怨气冲天的女人，向着冥冥中那个管事的高声抗议。这是身心共谋的结果，身体被摧残了，就上升到心理上，看来像是物理性质的，实际上，还是和精神有关吧？但是汤瑾诗宁可把这些感受归咎于酒精本身。汤瑾诗不是糊涂女人，不醉的时候，不爱去算糊涂账。

焦虑的时候汤瑾诗会设法舒缓一下自己的情绪，譬如，漫无目的地开着车跑一跑。偶尔还会跑得很远。有一次，汤瑾诗驶上了高速公路。高速公路给汤瑾诗的感觉是：你可以一往无前地跑下去，你不需要目标，平铺直叙的道路会引导你前进。结果汤瑾诗就这么一直向前跑。夜里实在困了，找了个加油站停下，人就睡在了车里。第二天醒来才发现，自己已经到了另一座城市的地界。晨曦初升，汤瑾诗看着车外万千变幻着的复苏景象，一瞬间整个人都有种雾化了的弥散之感……

这些，构成了汤瑾诗三十四岁时的生活，升华一下，也就是一个三十四岁女人的人生经验。

仝小乙像个栩栩如生的影子，又像个凭空捏造出来的亲人。重逢后，汤瑾诗偶尔去仝小乙家里转转，有时候也约他们夫妻一同吃顿饭。和他们在一起的时候，汤瑾诗很放松，饭也吃得真像是饭了，不再是酒桌上那种超出饮食本身的吃法。他们吃得多纯粹啊，要查账单，要打折扣，不打折扣也可以，饮料总是要送一瓶吧？这是汤瑾诗离婚前的吃法，如今重温的意义在于，它是种平衡和制约，类似给一辆奔波的车适当地做做保养。

这个时候仝小乙正在玩新的东西，他又迷恋上打乒乓球了。仝小乙依然是贯彻着他那种"就是不要命了，也要把它玩好"的作风。仝小乙先去体育馆找人打球，等到把认识的业余对手都打赢了之后，他就开始惦记上专业对手了。市里有体工队，也有正规的乒乓球运动员，但人家根本不和全小乙打。全小乙抽空就直奔体工队驻地，蹲在人家训练馆外面不走，一个目的：找人和他打一局。人家嫌他烦，开了门让他进去，派一个只有十一二岁的孩子跟他打。谁知道，这个门一开，就放进来个魔鬼。全小乙连那个孩子都打不过，可这恰恰就是麻烦的根源，他今天打不过了，明天就还要来，那架势，就是非要打过了才罢休。人家赶他走，他也不申辩，夹了拍子继续蹲在门口等，等到人家训练结束了，他堵在门口请求："打一局吧，就一局！"运动员们都练累了，谁也没心情满足他的要求，他就尾随着人家跑到宿舍里死磨硬缠。这就影响到人家的正常训练了，找了保卫科的人对付全小乙。保卫科一出面，全小乙不免就吃了几次苦头。但是全小乙矢志不渝，千方百计找到一个体委的关系，帮忙疏通了一番，最后终于如愿以偿，每天可以和专业运动员打上一局。

全小乙的目标是：就这么一局一局地打下去，直到打出个"非专业的"全国冠军。汤瑾诗当玩笑听，心想有这样的赛事吗？即使有，全国冠军，也太夸张了吧？可想一想那几麻袋摇碎的骰子，又觉得这个全小乙就是个当代愚公，的确不能以常理来估量。汤瑾诗觉得自己蛮羡慕全小乙的。别人都在呕心沥血地认形势、摆位置，全小乙却在呕心沥血地玩。

如果不受干扰，坚忍不拔的全小乙没准真的会拿到一个“非专业”的全国冠军。结果是汤瑾诗干扰了他，他的这个冠军之梦只能半途而废了。

那天汤瑾诗代表文化局招待几个外地来的客人，照例是喝了些酒，但绝对算不上多。这个饭局有些例行公事的意思，规格也不高，所以周瑶石都不用出席。汤瑾诗的负担并不是很重，客客气气的足矣。平时喝了酒，汤瑾诗是不开车的，但那天喝得实在是少，汤瑾诗几乎没有感到酒力，所以结束后依然开了车回家。时间还早，正是夜生活刚刚开始的时候，街上车水马龙，反而比白天还要显得热闹。也许恰恰是喝得不多，才把汤瑾诗正好调剂到一种似是而非的状态里。汤瑾诗看着车外活色生香的景致，无端地就有些怅然若失。这种情绪一出现，好像将血液里本来微不足道的酒精发酵了一样，将汤瑾诗的头挑唆得居然有些眩晕。汤瑾诗努力振作精神，却发现，酒精一旦和怅然若失勾兑在一起，就有种弹簧般的韧劲，你进一下，它退一下，你一松懈，它就又反弹回来了。

汤瑾诗把车停在路边，不假思索地拨通了全小乙的电话。电话接通后，汤瑾诗用一种自己都觉得奇怪的声调说："小乙，我喝醉啦，你过来，帮我把车开回去。"全小乙问清了地点，说他马上就到。汤瑾诗疑惑地坐在车上，心想自己怎么这样跟全小乙说话啊，嗲兮兮的，像一只求助的母猫。汤瑾诗想得自己都笑起来，在心里对自己说："你这个女人是在勾引全小乙。"

怎么会这样呢，是醉了吧？醉了吗？就当是醉了吧。汤瑾诗觉得这种状态蛮好。作为一个女人，汤瑾诗在男人面前像一只母猫的机会太少了。跟周瑶石不可以，汤瑾诗下意识地耻于在周瑶石面前彻底地摇起尾巴，即使真摇起来了，说不定反而会弄巧成拙，周瑶石眼睛里摇来摇去的尾巴太多了；跟康至也不可以，汤瑾诗和康至的关系，近乎一种数学公式，双方是能够加以推理的，各方面换算下来，汤瑾诗已经没有"扮猫"的必要和余地。而且，即使汤瑾诗真的像一只母猫那样，目前康至十有八九还是会把她弄到办公室里去。但是微醺的汤瑾诗，现在有这种需要：像个母猫那样地撒撒娇，诉诉委屈。全小乙可不就是个最合适的对象吗？

全小乙火急火燎地来了。他打了辆车，停在汤瑾诗的车前。眼看着全小乙跑过来，汤瑾诗的身体又一次擅自做主了，恶作剧似的，居然立刻有了醉意，一头埋在方向盘上，压得喇叭长鸣不已。全小乙拉开车门，嘴里不停地“哎呀”，“哎呀哎呀哎呀，怎么醉成这样啊！太危险啦！哎呀哎呀哎呀——”被他这么一“哎呀”，汤瑾诗是不醉都不行了，由着他把自己拖出来，在车前绕一圈，塞进副驾驶的位置上去。汤瑾诗憋着笑，就是个闹一闹的意思。一个三十四岁的女人反驳岁月的最好方式就是：像个小女孩似的闹一闹。

全小乙哪里知道汤瑾诗是在反驳岁月？他把汤瑾诗送到家，上楼都是半背半驮着的。汤瑾诗开始是做戏，但演着演着，怎么说呢？汤瑾诗入戏了：头真的很晕，身体真的很软，诉说欲也真的很强烈，完全就是喝醉了的状态。全小乙忙前忙后，倒水，湿毛巾，汤瑾诗横在沙发里喋喋不休。都说些什么呢？汤瑾诗依次说起了：前夫，大学生活，父亲的去世，母亲的独居，她才进文化局时和群艺馆的人学过的书法——柳体！最后，周瑶石和康至也面目含混地出现了，其间又夹杂着对自己的宽慰，什么“无外如此”啦，“身不由己”啦，全是些既像狡辩又像忏悔的词。汤瑾诗自己也不明白这是怎么了，好像身体里有另一个人在替自己说话，说的又是另一个自己的话，说来说去，就把自己说到虚无的最深处里面去了。就这样，汤瑾诗真的醉了。汤瑾诗把自己说醉了。直到汤瑾诗感到灼热难耐，猛地回到现实中，才看到了仝小乙赤裸的肩膀孟浪地俯在自己头顶。是的，孟浪，这就是汤瑾诗内心的第一感受。

至今汤瑾诗也弄不清两人是怎么“孟浪”起来的，是谁先“孟浪”的。汤瑾诗意识到的时候，非但仝小乙已经“孟浪”地脱光了衣服，汤瑾诗自己身上也已经是“孟浪”地没有多少遮掩了。汤瑾诗有一瞬间地恼火，生气了，但她发现自己的手正“孟浪”地揽在仝小乙的背上，就立刻消了气，真的是“无外如此”和“身不由己”了。

仝小乙很棒啊。周瑶石快五十岁的人了，和他比起来，仝小乙简直是个将军。这里也不是办公室，这里是汤瑾诗自己的家啊，汤瑾诗的身体一点儿也不肃杀，还很欣欣向荣。

汤瑾诗和那个“摇骰子的”就是这么回事，无外如此，身不由己，既莫名其妙，又顺理成章，结果假戏真做了，实在不好说得清楚。

所以汤瑾诗对周瑶石说："我们只是从小的邻居，二十多年没见了。"

汤瑾诗这么说，并不觉得是在撒谎，她和仝小乙的关系就应该是这么一个问心无愧的事实。周瑶石点点头，好像并没有深究的兴趣。

周瑶石说："我要提醒你，现在是什么时候。"

汤瑾诗想了想，才明白周瑶石话里的意思——周瑶石有望升迁，去市委做宣传部长，他要在离开文化局之前，落实汤瑾诗副局长的位置。现在就是这么个时候。

周瑶石说："这个时候惹出这样的乱子，你简直是荒唐！"

汤瑾诗哑口无言，态度端正地觉得自己的确是荒唐——不管是不是这个时候，惹出这样的乱子，都是荒唐！

周瑶石说："好了，先去'格桑花'吃饭，被你的事闹了一上午，肚子早被闹饿了。"

"格桑花"是文化局自己的宾馆，常年替周瑶石留着一套房间。

汤瑾诗突然想起什么，紧张地说："我被监视了，电视台在跟踪我。"

“监视？太荒唐了！电视台怎么能这么搞？这样不侵犯人权吗？”周瑶石愣住了，随即改了主意，“那你先回吧，在家里等消息，不要乱来！”

不要乱来——汤瑾诗坐进自己车里时，还在想周瑶石最后这句既像叮嘱又像警告的话。同样的话，几天前汤瑾诗也对全小乙说过。全小乙说他想好了，要和艾小娥离婚。汤瑾诗对全小乙说：“你不要乱来！”汤瑾诗想了想，自己当时这么说，好像既不是叮嘱也不是警告，充其量，算是种规劝吧？因为，自己压根儿没有意识到全小乙会制造出麻烦——全小乙一直都是很听话的。对于全小乙，汤瑾诗始终大大咧咧，全小乙已经百折不挠了，她依然很麻痹大意。在汤瑾诗眼里，这个全小乙就像他打扮成的那个样子，是电视剧里的角色，即使山重水复地“孟浪”，也不会柳暗花明地兑现到生活里。

现在，全小乙开始像摇骰子一样地摇撼起汤瑾诗的生活了，汤瑾诗的生活会被摇成一地的碎骰子吗？

汤瑾诗想得揪心。

车开到自己小区门前时，汤瑾诗一眼看到了蹲在路边的全小乙。全小乙蹲在那里，可能是蹲累了，双手还垫在膝弯处，一副不知好歹的样子。这个时候看到全小乙，汤瑾诗不啻是看到了魔鬼，她一打方向盘，掉头就走。

全小乙看到她的车了，迎上来，但车子掉头而去却让他大为意外。全小乙愣了几秒钟，拔腿便追，梗着脖子，以百米冲刺的速度差点儿就扑上了车尾。汤瑾诗从倒车镜里看到不自量力的全小乙，他那种无法接受现实的徒劳样子，不禁让汤瑾诗心头一酸。但是汤瑾诗立刻狠下心，“不要乱来！”她在心里大声警告自己。现在自己小区门前是什么？是瓜田李下！电视台的摄像机就埋伏在附近吗？那么就让他们拍吧！这个镜头足以说明问题了吧？

全小乙追得执着。汤瑾诗心里反而有种要惩罚什么和反击什么的快感。汤瑾诗觉得此刻没有追逐者，她和全小乙是在共同被某种迫害追逐着，是一起在奔逃。

当初和全小乙弄在一起，汤瑾诗没有感到格外的不妥。全小乙在汤瑾诗眼里，不是现实意义上的男人。就是说，汤瑾诗不需要对全小乙进行现实意义上的计算与衡量。当然，汤瑾诗也不会格外感到满意，毕竟，这个“摇骰子的”充其量只能说是无害，并不能谈上如何有益。一切发生就发生了，似乎没什么大不了。所以，接下去汤瑾诗并不主动接触全小乙。是全小乙，好像突然得到了许可和召唤，猛烈地燃烧起来。

全小乙放弃了他在乒乓球上的抱负，转而以同样的执着迷恋上了汤瑾诗。

全小乙把这一切赋予神秘的色彩，他再三把玩那枚碎瓷，对汤瑾诗由衷地喟叹："难道不是吗？这块瓷一定通灵的，你想一想啊，它被你摔，被火烧，可是依然还是一块瓷——这就像我们一样，什么也改变不了我们注定在一起这样的事实，注定了，注定了的……"这是什么逻辑？也许是全小乙拙于修辞，反正是很不令人信服。但全小乙信，他以一种"注定了"的虔诚，归顺在命运的安排里了。

全小乙欢欣鼓舞地来找汤瑾诗，如果汤瑾诗不在家，他就蹲在小区门口死等，好像那时蹲在体工队的训练馆外面一样。一开始，汤瑾诗是不鼓励也不排斥的态度，全小乙来了，她也接纳，听听全小乙神神道道的啰唆，也是一种调剂。那枚碎瓷的边缘已经被全小乙摩搓得光滑无比了，已经让人看不出残骸的样子，反而真像个有些来头的东西，汤瑾诗有时候捏在手里玩，心里居然也会有些通冥之类的联想。

全小乙像对待这枚碎瓷一样的对待汤瑾诗，恭顺，臣服，五体投地。他喜欢趴在汤瑾诗怀里吟哦一般地赞美：“噢，这才叫胸啊，你自己摸一下，多软啊，你看这肚子，像个水袋一样，枕在上面就是最高级的枕头啊，哪里像艾小娥，长了个男人一样的肚子，硬邦邦的，肌肉像专门练过一样的哟，女人就是要有这样的软肚子，女人就应该像一团棉花啊……”

这就是被歌颂。在汤瑾诗的心里，这还是在被岁月歌颂。

谁这么歌颂过汤瑾诗呢？以前没有，前夫恰恰是由于木讷才被汤瑾诗所厌恶的，汤瑾诗不能容忍自己“棉花一样”的身体被熟视无睹；目前也没有，周瑶石不会，会也没有这么由衷。康至呢？这个男朋友除了会在办公室突袭她，其他时候总保持着一段距离，这段距离就像是公式之间那道不可逾越的“=”号，鸿沟一样的。汤瑾诗被全小乙歌颂得洋溢出棉花一样的软意。要知道，和所有女人一样，汤瑾诗也是很在意自己体形的。汤瑾诗是那种比较圆润的女人，对此，汤瑾诗有时候不太能确定出好坏，她觉得自己略显丰满了些，尤其是腰腹，没有那种纤细女人的好看。如今，这种疑虑在全小乙的歌颂声中烟消云散，汤瑾诗当然是乐于消受的。

全小乙整个人都像他说话的方式一样，弥漫着感慨万千和一唱三叹，尽管有些比喻并不曼妙，譬如“水袋”“枕头”之流，但这样才显得朴素诚恳啊，让人有一种含英咀华的好心情。在现实中认形势，摆位置，是一件很辛苦的事情，然而和全小乙在一起，汤瑾诗随便就可以飘飘然。

汤瑾诗反对全小乙拿她和艾小娥做比较，虽然她从中体会出得意，但下意识还是觉得有些不妥。汤瑾诗问全小乙：“你这样，会不会觉得对不起艾小娥?”她这样问，实际上已经是把责任全部推给了全小乙，是“你这样”，和她好像没什么关系。

这是最让全小乙犯难的一个问题，他听不出汤瑾诗话里的阴谋，片面地感到自己责任攸关，只有唉声叹气，很迷惘的样子。

汤瑾诗对此也不深究，她心里也只是隐隐约约有个感触，并没有上升到很严峻的高度，而且这个感触更多的是来自于一股“不屑于”——汤瑾诗从心底里是“不屑于”和艾小娥做比较的。

结果，全小乙已经冒出危险的苗头了，汤瑾诗依然只是沉浸在被歌颂的满足里，并没有引起足够的警惕。

汤瑾诗只是觉得全小乙有些烦人了。有一次，全小乙等不到汤瑾诗，打电话问她在哪里。汤瑾诗正在陪人唱歌，随口说了自己所处的位置。结果汤瑾诗从歌厅出来发动车子时，被蹲在地下停车场暗处的全小乙吓得半死。当时已经很晚了，全小乙突然冒出来，蝙蝠侠一样地贴在她的车窗上。汤瑾诗惊叫一声，引得同车的几个人都跟着哇哇叫。看清楚了是全小乙，汤瑾诗简直是怒不可遏，一边跟车里的人解释，一边下了车，用驱赶的态度低声呵斥全小乙。全小乙还想分辩，不料被汤瑾诗动作隐秘地猛踢了两脚。汤瑾诗的动作不敢太大，因为众目睽睽，所以只有在力度上加些分量，脚尖踢在全小乙硬邦邦的小腿骨上，自己都是一阵钻心的痛。全小乙服从了，一瘸一拐地回到暗处去。作为惩罚，汤瑾诗就此命令全小乙以后不许给她打电话。意思其实已经很明确了，那就是：你永远给我待在暗处！

全小乙很听话，诚恳地保证："你不要我打我一定是不打的，为了保险，我现在就把你的号码删除掉——我怕我万一管不住自己，又打给你啦。"

这个办法很有效，全小乙真的管住自己了。他不给汤瑾诗打电话，改为顽固地在汤瑾诗家楼下守候，后来几乎发展成规律了，只要汤瑾诗回家，就可以在楼下看到废寝忘食的仝小乙。也不知道汤瑾诗彻夜不归的时候，这个仝小乙是怎么打发自己的。

这就干扰到汤瑾诗的生活了。虽然周瑶石一般不会光临汤瑾诗家，康至似乎也没有这方面的兴趣，但这种可能性还是存在的，怎么说，这两个男人都有理由这么做。真有一回，周瑶石说："去你那儿!"当时汤瑾诗慌得都要背过气了，干脆连句像样的解释都没有，直接把车开到了"格桑花"。好在周瑶石喝醉了，根本弄不清东南西北。

汤瑾诗严令仝小乙不许擅自到她这儿来。这回，仝小乙不听话了，无辜地说："我也没办法呀，我总不能把自己的腿也删除掉吧？腿在，我就管不住自己啦，腿就自己跑到你这儿来啦。"

这本来也该算作是一个很高级的赞美，但汤瑾诗却认为仝小乙这是在油嘴滑舌了。

汤瑾诗对仝小乙的兴趣骤然递减。征兆是，她不允许仝小乙在自己车上吸烟了，"破例"的口子扎了起来。仝小乙来了，汤瑾诗心情不好，就绝不会通融。不妙的是，面对全小乙，汤瑾诗心情好的时候也是在递减。这就苦了全小乙。汤瑾诗不给面子，全小乙是一点儿办法也没有的。全小乙只有摩搓着那枚碎瓷，感慨万千地向汤瑾诗追忆童年时光：哪一次一起捡了只野猫啦，哪一次结伴去公园，结果双双失足落水啦……

全小乙说："我小时候就爱你，我可以对天发誓！"

这些鸡毛蒜皮的话汤瑾诗听得多了，已经兴趣全无。童年很可贵吗？可贵在哪里呢？纯真吗？汤瑾诗以一个三十四岁女人的道德感批判：再纯真，你现在背着艾小娥乱搞，也不纯真了！至于"对天发誓"之类的，汤瑾诗觉得简直就是荒谬，自嘲地想，如果"对天发誓"有用，那她一定去试试，看看能不能让周瑶石变得可以被企图——她在周瑶石那里能摆正自己的位置，这个全小乙在她这里为什么却摆不正？

全小乙很颟顸。全小乙一往情深。全小乙以那枚碎瓷为精神寄托。全小乙把汤瑾诗的态度归咎在艾小娥身上了。"哎呀，我知道你是怕对不起艾小娥，我很理解你，因为我也怕对不起她。在这一点上，我们是一致的。可是，怎么办呢？"全小乙痛苦地说，"你们两个我谁也不想对不起呀！"

汤瑾诗觉得这个全小乙太大言不惭了，好像自己在纠缠他，他处在一个两难的境地一样。汤瑾诗说：“你不要发神经，艾小娥挺好的。”

全小乙说：“对对对，艾小娥真的是很好的！你都不知道，艾小娥有多好！——你知道我车上那个搪瓷缸子里装的是什么吗？——夏天是绿豆汤，冬天是什么呢？——是鸡汤！——全都是艾小娥亲手弄的啊！”

汤瑾诗说：“那你就好好去喝艾小娥的鸡汤。”

“唉——”全小乙长叹一声：“你真善良啊，始终在替艾小娥着想。”

汤瑾诗跟他没话可说。汤瑾诗发现了，这个“摇骰子的”全小乙太简单了。这种简单初看是可爱，看久了就是可耻，是严重地认不清形势，摆不正位置！全小乙对她的态度也变了味道，连唯唯诺诺都谈不上，简直就是自以为是地死皮赖脸。

汤瑾诗正式驱逐全小乙：“我们的事到此为止，你清醒一点儿！”

全小乙陷入在空前的煎熬中。摇骰子，打乒乓球，只要他发了狠，局面就很笃定——对着自己使劲就行了。爱汤瑾诗，却是个需要回应和配合的事，汤瑾诗要置身事外，他的一腔热血就没了着落。全小乙觉得妨碍着他和汤瑾诗的，只有艾小娥。终于，全小乙跑到汤瑾诗家来，以一副悲壮的神态向汤瑾诗汇报：“我要和艾小娥离婚，我全告诉她啦，我求她成全我们！”

全小乙经过了怎样艰苦卓绝的斗争汤瑾诗并不知道，汤瑾诗只是看到全小乙整个人像脱了形一样，本来精瘦的样子，现在有些骷髅的架势。汤瑾诗讨厌全小乙骷髅的架势。汤瑾诗也不想听全小乙神经兮兮的话。全小乙千辛万苦得来的决定，换回汤瑾诗的一句：“你不要乱来！”这句话本来有些规劝的意思，但汤瑾诗说出来就成了颐指气使。

全小乙还在一厢情愿地判断着汤瑾诗：“你真善良，可是没办法，我们继续瞒着艾小娥，才是不道德的！”

汤瑾诗听着生气，变了脸，干脆就赶全小乙走了。全小乙还钻在他自己的牛角尖里，又不敢拂逆汤瑾诗，只好悻悻地离开。全小乙离开的背影，像具移动的骨架标本，即使隔着衣服，都好像能让人看出一根一根的肋骨。汤瑾诗心里也有些发软，但也只是那种爱莫能助的软。汤瑾诗觉得这个全小乙实在是没长大。就是这一次，电视台拍下了全小乙从汤瑾诗家出来的画面。

三

周瑶石说到做到，以组织名义派人去电视台交涉。结果似乎不坏，电视台方面称，节目一定要做，但承诺只讲委托人夫妻间的矛盾，不会涉及汤瑾诗的名字和形象，并且，保证不出现和文化局有关的任何画面。汤瑾诗在家里得到消息，心里松了口气。周瑶石传达完毕后说，现在没问题了，他在“格桑花”等汤瑾诗。

汤瑾诗开始收拾自己。令汤瑾诗意外的是，短短两天，自己小腹多余出的那块肉，居然令人振奋地没有了。现在，汤瑾诗穿上了那条一度显得别扭的新裙子。对着镜子，汤瑾诗把自己收拾成了一个礼物，而这个礼物，是要呈送出去的。挑选鞋子的时候，汤瑾诗联想起艾小娥送还给自己的那双鞋。汤瑾诗想，道理都是相同的，礼尚往来，连艾小娥这样的公交车司机都懂得，自己有什么理由不遵循呢？

到了“格桑花”，没想到康至也在，和周瑶石一起坐在包厢里。康至在看报纸，汤瑾诗犹豫了一下，还是坐在了他身边。

周瑶石坐在对面，一边吩咐上菜，一边严肃地对汤瑾诗说："小汤你要吸取教训。"

汤瑾诗有些难堪，没料到周瑶石并不对康至隐瞒这件事。康至事不关己地看他的报纸，好像他们完全是在谈公事。

周瑶石说："以后和社会上的人不要走得太近，不过是个小时候的邻居嘛，这么多年不打交道了，你知道他什么底细？尤其是异性关系，一定要注意，这不是，惹出麻烦了吧？你知道你是清白的，可是别人会诽谤，现在这种人很多的，庸俗，低级。你问问康至，他是做律师的，这方面的例子很多吧？"

康至放下报纸，沉思了一下说："是很多，捕风捉影，最后就闹到打官司的地步。"

菜上来后，周瑶石问："你们打算什么时候结婚？"

汤瑾诗看看康至。康至正在专心啃一块羊排，等了一阵才明白汤瑾诗是在让他来回答。

康至说："什么时候都可以啊，大家都是成年人，婚姻自由嘛。"

汤瑾诗料到了康至会这么说。这就是律师康至的风格，答非所问，却又没什么漏洞。

周瑶石说："那就抓紧一些，你母亲总问我你们的进展。"

康至不置可否地点点头。汤瑾诗已经比较适应康至的这种态度了，并没有多少不满的情绪。怎么说呢？康至大差不差，关键还是周瑶石"钦定"的，她就要顺应这个形势。前段时间汤瑾诗怀孕了，她可以肯定，这是在康至办公室弄出的结晶（因为康至是即兴式的，所以无从预防），结果汤瑾诗自己去医院解决了，然后在家不事声张地躺了三天。

吃完饭，康至要走，说明天有个案子开庭，他必须回去准备一下。康至问汤瑾诗："跟我去办公室？"周瑶石怡然自得地剔着牙。汤瑾诗熟练地说："这两天没去局里，我有些事要跟周局汇报一下。"康至无可无不可地耸下肩，自己走了。有时候汤瑾诗觉得，康至在周瑶石面前，有股大智若愚的味道，好像水面下藏着股暗流，这让汤瑾诗既兴奋好奇，又焦虑不安。

后来在周瑶石专门的房间里，汤瑾诗告诉周瑶石，康至一直就是这么个避实就虚的样子，好像随时能和她结婚，但又从来不着手落实，让人猜不透，"神秘莫测"得很。汤瑾诗是在有意强调康至的"神秘莫测"，周瑶石却没有充分领会：“康至在国外待得太久，学了些外国人的做派，就是比较尊重别人的自由，他没有反对，其实就是在等你决定。”

汤瑾诗幽幽地说：“我总不好逼他结婚吧？”

周瑶石大约听出些别的情调，意味深长地搂搂汤瑾诗的肩膀，换了话题：“你这次的事情很复杂。我刚得到消息，这次竞争宣传部位置的，除了我，另一个就是广电局的曲局长。现在这个时候，我们竞争，就是文化局和广电局竞争，偏偏你又出了事，偏偏还犯在他们的电视台手里！”

汤瑾诗瞪大眼睛，一脸的无助。周瑶石要的就是这个效果吧，搂在汤瑾诗肩上的手加了些力气，就像上帝之手，给人以抚慰，让汤瑾诗觉得，这样的一双手是没有什么摆不平的。

结果周瑶石这次却失手了。汤瑾诗遵照周瑶石的安排在家休息，消息是康至传来的。康至在电话里有种抑制不住的兴奋劲儿：“看电视看电视，都市频道！”

汤瑾诗打开电视就看到了自己。

电视在播放《情感踪迹》栏目的预告片：一个是神奇的“骰子王”，一个是前途似锦的女干部，他们因何陷入在情感的旋涡之中……伴随着这些字样，汤瑾诗隔着一道门缝出现在画面中。门缝中汤瑾诗的那张脸，像一个任意被截取的活体标本，它以递进的方式连续定格，不断叠加着放大，最后充斥在整个屏幕上。于是，那张脸上的疑惑被放大成了惊恐万状，难能可贵的镇定却成了外强中干。

汤瑾诗看痴了，觉得自己跳离了自己，然后又一下一下反扑过来。画面中的脸每递进一次，汤瑾诗都不由自主将脸躲闪一下。

接着艾小娥出现了。艾小娥对着镜头说："她为什么不敢开门？她不敢开门肯定在里面嘛！"艾小娥在掩面哭泣，手放下来，就是一张遍布着伤痕的脸。然后是全小乙。全小乙穿着黑色的风衣，戴着黑色的礼帽，系着白色的围巾。全小乙在表演，骰子摇得哗啦啦。全小乙从汤瑾诗家的楼洞出来了，一摇三晃，单薄得像一片纸。然后又是汤瑾诗。汤瑾诗在上自己的车。镜头也在一摇三晃。汤瑾诗的车也在一摇三晃。

这时候，汤瑾诗才发起抖来。

手机一直在响。然后是家里的座机。汤瑾诗举起电话，才发觉又是手机在叫了。

“这是阴谋！完全是阴谋！我竟然一点儿消息都没有，不是康至打电话，我还被蒙在鼓里！”汤瑾诗抖着，手机里周瑶石的愤怒被抖出了惊惶的味道。

周瑶石说：“你要镇静！”

汤瑾诗鬼使神差地回了一句：“嗯，你也要镇静。”

周瑶石咳一声，说：“我很镇静！明天我亲自去电视台，你也必须去，是要正面较量一下了。”

“正面较量”这个强悍的词组灌进汤瑾诗耳朵里，让汤瑾诗不自觉地凛然起来。凛然起来的汤瑾诗瞬间意识到，原来这个世界上也有周瑶石措手不及的地方。这个发现竟然让汤瑾诗有些激动。激动什么呢？汤瑾诗自己也说不清楚。汤瑾诗只是觉得自己因此都有些不可思议地振作了。从来就没有什么救世主啊，也不靠神仙皇帝，汤瑾诗要自救！汤瑾诗几乎要哼出意气风发的歌来了。汤瑾诗翻出了电视台一个编导的手机号码。这个编导算是个熟人，搞过文化局组织的晚会——就是那次仝小乙配合的“抵制黄赌毒”。手机通了。汤瑾诗镇静得连自己都感到欣慰：必要地寒暄，巧妙地切入正题，婉转地拜托，最后是恰当地暗示。汤瑾诗像是在例行公事，那样子，完全就是个经过锻炼和培养后的合格的办公室主任。

编导也是明白人，很坦率："停播？汤主任，真的很遗憾，这个忙我可帮不上。现在节目竞争太厉害了，要跟黄金剧拼，要跟同类节目拼，要和收视率拼，简直是血肉横飞，每个栏目都是自己养活自己，我怎么能让人家撤节目？——如果是我的节目，没问题，你汤主任一句话，我就是不吃这碗饭了也给你坚决撤下来！实在是鞭长莫及，鞭长莫及啊！"

汤瑾诗礼貌地说："好的，不好意思，为难你了。以后多联系，我们合作的机会应该不少。"汤瑾诗想起来了，刚才电视中仝小乙表演的镜头，应该就是出自这位编导之手，而那次合作，自己是亲手把两万块钱塞在这个编导包里的。

合上手机后，汤瑾诗还保持住了一阵泰然自若的风度。随即，像建筑物定向爆破时那样，有一个短暂地、很内敛地轰鸣，然后骤然坍塌。这个时候的汤瑾诗，才真正地被这个事件击中了。

看来还是有必要重温一下热力学第二定律，它可表述为：在任何闭合系统中无序度总是随时间而增加。换言之，就是——事情总是越变越糟。

第二天汤瑾诗和周瑶石一同去了电视台。同行的还有局里的工会主席老赵。一切宛如一场正常的公务。汤瑾诗的脸上看不出什么破绽，她太平静了，让老赵都有些不安了。老赵是个快退休的女人，一贯慈眉善目。坐在车上，老赵一路把汤瑾诗的手捂在自己掌心里，时不时还拍一拍。这拍一拍，是安慰，是声援，还是沉痛的叹息？让老赵想不到的是，汤瑾诗后来一把抽回了自己的手，唰的一下，那态度，居然是忍无可忍的意思。

电视台称得上戒备森严。门卫不由分说地拦住他们一行人，直到周瑶石打了电话，从楼里迎出一位台长。台长很热情，对周瑶石连呼“失礼”。周瑶石打着哈哈：“我是专门来烧香的。”台长说：“周局就是来烧楼的我们也热烈欢迎！”就这么嘻嘻哈哈地上了楼。周瑶石被让进了台长的办公室，老赵陪着汤瑾诗见到了《情感踪迹》的制片人。

对方是一个和汤瑾诗年龄相仿的女人。两个人的目光碰在一起，彼此都有些吃惊。她们双双发现，对方衬衫上别着的那枚钻石胸针，和自己的居然款式相同，就像某个秘密组织特殊的徽章一样。汤瑾诗对这次会面不抱什么幻想了。汤瑾诗觉得自己碰到了一个同类。而同类，往往就是天敌。

果然也是这样。女制片人的态度说是傲慢都不为过，她面对着汤瑾诗时，下巴始终是微微翘着的。汤瑾诗不甘示弱，同样报以自己的下巴。汤瑾诗在心里做了很富想象力的假设：说不定，这个女人正是那个什么“曲局长”的女人，她是在代表她的男人“正面较量”……这么一想，汤瑾诗的心里就是一痛——自己呢？能像人家这样，代表周瑶石“正面较量”吗？汤瑾诗的魂跑掉了，结果始终是老赵在交涉。老赵夹在两个下巴之间，把交涉弄成了是非。

老赵眉开眼笑地说：“同志，你们的节目我经常看的，你自己也做主持人吧？我认得你！你们的节目是怎么做的呢？好看！我以前认为都是胡编乱造，原来还都是真有其人啊。”

女制片人说：“是的，戏剧性和真实性，是我们节目的宗旨。”

人家的话很专业。和人家比起来，老赵就像个家庭妇女了。

老赵说：“你们的素材都是从哪儿来的？”

女制片人说：“我们从打电话寻求帮助的人里面选

择采访对象，有时候记者也会主动去找，看需要吧。”

老赵说：“那你们这期节目是怎么弄的？”

女制片人说：“是委托人自己找来的，之前我们的记者和她有过沟通，觉得她基本还是可信的，而且，她也有表达的意愿，这些都符合我们的要求。”

老赵变得有些严肃了：“你们凭什么觉得她可信呢？如果那个女人利用你们扭曲事实，你们不就上当受骗了吗？”

女制片人说：“我们有自己的专业经验，怎么说呢？长期从业，我们的判断能力是可以培养和锻炼出来的。”

汤瑾诗哼一声，下巴翘得更高了——培养和锻炼，陈词滥调！

老赵也不以为然：“我是说万一，万一有人成心利用你们呢？”

女制片人说：“这样的事情我们也遇到过，有人为了其他目的找我们，但我们也会跟着拍，结果，到最后在节目中把他不正当的目的暴露出来。”

老赵抢着说：“欲擒故纵！”

女制片人说：“对，可以这么说。我们会因势利导。”

老赵异想天开地说：“那么这次节目，你们会不会也是在因势利导啊？最后还我们汤主任一个清白？”

女制片人笑了：“这个你到时候看节目就知道了。”

老赵也跟着笑，但一看汤瑾诗的脸色，立刻意识到自己的立场有些问题。“不过，我还是觉得你们有漏洞，毕竟是靠经验，可有时候经验害死人啊，这方面的教训太多了！”老赵大约觉得还不够犀利，转而开始贬低，“据我了解，现在的记者年纪都很轻的，工作也不踏实，有时候乱下结论。”

女制片人说：“这种个别现象也许有，但如果你是在说我们，请拿出证据。”

老赵说：“是啊，要说证据，大家是不是都应该拿出来啊？你们拍我们汤主任，有证据吗？”

女制片人说：“我们相信自己的镜头，让镜头说话。我们只负责真实地呈现。”

这时候汤瑾诗开口了：“请问，你们采访仝小乙了吗？他怎么说？”

汤瑾诗突然意识到，正本清源，仝小乙才是个关键。

女制片人说："我们当然希望他能够表态，但很遗憾，就像你一样，他拒绝采访——当然，这是你们的自由。"

汤瑾诗激动了，觉得已经被对方下了判决，和仝小乙成了"你们"。汤瑾诗质问："既然是夫妻矛盾，你们怎么能听信一面之词？"

女制片人说："我们不简单听信任何一方，一切交给观众，观众会有判断的。"

"我抗议你们这样做！"汤瑾诗失控了，"你们是在侵犯我的生活！你们必须停止！"

"没法停止了，片子已经剪好，进入播出流程了，我们有我们的规矩——"女制片人很从容，像一场战斗一样，不忘撷其要害，给汤瑾诗最后一击，"如果不是你们局长亲自来，你们连电视台的楼都上不了。"

汤瑾诗和老赵从楼上下来，周瑶石已经站在楼下了，那位台长依然陪在身边，两个人谈笑风生。告别的时候，这位台长还主动和汤瑾诗握了握手。

一上车，周瑶石的脸色就凝重下来："没有余地了，只有通过法律渠道追究他们的责任了！"

老赵附和说："对，告他们，要他们赔偿名誉损失！”说着，又不自觉地去拽汤瑾诗的手，手伸出一半，又收回去了。

汤瑾诗是一脸欲哭无泪的凄然，但两道眉毛却是向上刺的，像牛角，随时要挑人。

现在这件事已经不是汤瑾诗的事了，或者说，不完全是汤瑾诗的事了。现在这件事成了周瑶石的事。“阴谋！”周瑶石用这个词定义这件事，而这个“阴谋”是针对他的，是广电局曲局长和他的一场政治角力。这虽然只是个揣测出来的局面，但周瑶石不惮于以最坏的恶意来推测对手，他必须反击，借此机会争取为自己加上一分。

周瑶石说：“用法律的手段打赢这一仗！”

汤瑾诗沉默着，心里出现一种事不关己的冷漠，似乎是撞到了一件好事，自己不应当来和周瑶石抢。周瑶石向康至咨询，打赢官司的胜算有多少。康至毫不迟疑地答复：十拿九稳。周瑶石让康至来“格桑花”商量，康至却“神秘莫测”地说，这是正规业务，他们应该来他的办公室谈，听上去是一种很严谨的专业态度，很让人感到放心。

坐在自己办公室里的康至，形象很好看，斯文儒雅，气宇轩昂，这也是当初打动汤瑾诗的一个原因。康至居然录下了预告片的内容：“这很重要，必须录下来，正式播出的时候，更要录下来。”显然他已经是未雨绸缪了，有些跃跃欲试。周瑶石和康至讨论得很细致，很热烈，把不长的一段录像翻来覆去地看，既像是研究又像是观摩：快进，慢放，暂停！这件工作还是放在律师康至的办公室比较合适，如此才相得益彰，有一种理性的法律精神在里面。

眼前的一切弥散出一股燠杂的气息，让汤瑾诗觉得，她只是一个陪衬，或者是一个必要的由头。这两个男人凌驾于她之上，根本无视她的存在。他们并不追究她是否真的和仝小乙有染，似乎这是个不言而喻的问题，至少，也该是个心照不宣的问题，他们只需要预设出汤瑾诗的清白，并以此启动法律的武器。这就是汤瑾诗目前的形势和位置。汤瑾诗不知道自己是不是应该有些侥幸的窃喜？

汤瑾诗安静地坐在自己的形势和位置里，反而从焦虑不安中摆脱了出来，她只是有种深深的倦怠，倦怠到都有些乏味的地步了，牛角一样的眉毛垂了下来。一切都由他们来决定，汤瑾诗需要做的只是以原告的名义签署正规的法律文件。那份委托书的格式让汤瑾诗觉得有些滑稽，姓名，年龄，性别，诸如此类，依次填下来，汤瑾诗就把自己填出了陌生感，似乎自己真的是一个需要被重新描述的人，而事实上，就在这间摆着大部头法律典籍的办公室里，她曾经怀上过一个孩子。

真的要起诉吗？这是周瑶石的事，这不是汤瑾诗的事。周瑶石的态度斩钉截铁。第一被告是电视台，第二被告是艾小娥。汤瑾诗内心一颤，回到现实中：“艾小娥也要告吗？”康至同样斩钉截铁：“必须要告——这是个法理问题，她是重要的一环。”他们都在斩钉截铁，汤瑾诗完全是被动的，好像露一下头，一把铁锤就敲下来。何况，汤瑾诗既不是钉也不是铁。

三个人弄到很晚，然后一同出去吃饭。从办公室出来，站在电梯里时，夹在两个男人中间的汤瑾诗突然大叫了一声：“啊——”

啊！这完全是从肚子里自己跑出来的声音，像一首饱含激情的赞美诗的先声，连汤瑾诗本人都吓了一跳。三个人面面相觑。汤瑾诗尴尬地笑了。

四

作为汤瑾诗的律师，康至主动联系那位女制片人，但对方始终没有接听他的电话。“只有法庭上见了。”康至如释重负地说，似乎这反而是他愿意看到的局面。

《情感踪迹》两天后正式播出。汤瑾诗要提前把母亲接到自己家住。汤瑾诗怕母亲看到这期节目。除此而外，汤瑾诗似乎再没有其他顾虑了。事情发展到如今这个地步，汤瑾诗已经是一个任其摆布的态度了。起初汤瑾诗觉得很无辜，所以愤然。但是，当她把艾小娥列为被告时，就不觉得自己非常无辜了。汤瑾诗转为一种伤感的内疚。这种内疚是对于艾小娥的，也是对于自己的。汤瑾诗感到艾小娥和她都受到了不公正的待遇，是被侮辱和被损害的人。这种情绪很抽象，类似于把世界划分成两部分，一部分是主动的，一部分是被动的，而汤瑾诗和艾小娥，都属于被动者。这样的划分，让汤瑾诗的内疚有别于检讨，反而让她生出一股对于自己的怜悯，有些自怨自艾，有些无可奈何的惆怅。汤瑾诗一点儿也不觉得自己比艾小娥幸运，每个人有每个人的形势与位置，她目前的形势和位置，一点儿也不比一个弃妇强。汤瑾诗对自己说：“你是个可悲的女人！”

汤瑾诗的母亲不算很老，但自从汤瑾诗的父亲去世后，性情就具备老年人的一些特征，顽固，愤懑，颠三倒四，喜欢像一个孩子般地虚张声势。母亲看不惯汤瑾诗的生活态度，并且乐于直言不讳，最严厉的指责是说汤瑾诗“好吃懒做，不切实际”。母亲此言是针对汤瑾诗离婚说的，母亲认为汤瑾诗好端端地把自己变成个离了婚的女人，正是这样的坏思想在作祟。母亲的总结并没有切中要害，但“坏思想”汤瑾诗自认的确是有一些的。老一辈人的生活何其单纯，相对于母亲的单纯，汤瑾诗觉得自己的生活复杂到了都有些令人发指的地步。既然如此，母亲简单粗暴的批评，就是不必要，也没办法回应的，大家根本就是两个世界的人，形势和位置不同，因此切合的实际当然是不同的。汤瑾诗适当地回避母亲，只是偶尔去看望一下，不要彼此折磨就好。

汤瑾诗去接母亲，让母亲和自己住几天。母亲不理解，一开始是拒绝：“我为什么要和你住几天？我又不是没有家，我又不需要你养活。”

汤瑾诗哀求道：“是我需要你好吧？我一个人很孤独，你陪陪我好吧，妈妈？”

汤瑾诗拉着母亲往回走。车开到半路，突然迎面一辆公交车逆行径直撞了过来。汤瑾诗吓傻了，猛踩刹车。公交车近在咫尺了才侧转方向，紧贴着汤瑾诗的车身风驰电掣地呼啸而过。汤瑾诗都听到了公交车上的一片惊呼。汤瑾诗把车刹在路边，半天说不出一句话。公交车擦肩而过的一瞬间，汤瑾诗看到了居高临下的艾小娥。那个瞬间居然显得无比漫长，漫长到汤瑾诗都能够看清楚艾小娥脸上那种笑盈盈的表情，这种表情最吓人，就是一副视死如归的表情。直到母亲下了车扬长而去，汤瑾诗才回过神。母亲说死也不坐汤瑾诗的车了："吓都给你吓死啦，我不如自己走，累死也比吓死好！"汤瑾诗好说歹说才把母亲劝回车里，一路上顾不得胡思乱想，慢吞吞地开着车，沿着路边谨小慎微地走。

回到家汤瑾诗心里的余悸才泛上来，不寒而栗。汤瑾诗利令智昏地想，和艾小娥沟通一下……二十万差不多吧？这是汤瑾诗目前能拿出的数……给艾小娥二十万，这件事就能一劳永逸地解决掉吧？但一转念：这种沟通的性质像行贿，万一再被艾小娥曝光出来，自己的罪名就完全被坐实了。而且，即使艾小娥接受，周瑶石和康至也不会同意，他们现在热情洋溢地需要一场官司，她私下里和艾小娥做交易，就是背叛他们。

汤瑾诗是真的深受刺激了，如果说之前她还有些恍恍惚惚，那么今天艾小娥开着公交车把她一下子挤到悬崖边了。汤瑾诗恐惧，悲伤，深感孤立无援的滋味。本来和汤瑾诗都是“被动者”的艾小娥，现在以一个疯狂杀手的姿态，与汤瑾诗划清了界线，于是，整个事件只有汤瑾诗一个人在受难了。

晚饭母亲要在家里吃。汤瑾诗平时是不做饭的，所以家里有米无盐。为了避免母亲指责自己“好吃懒做”，汤瑾诗只有下楼去采购。小区里就有超市，汤瑾诗大包小包地买了来，楼上到一半，就听到了全小乙和母亲的对话。

母亲说：“汤瑾诗不在家。你是谁呀？”

全小乙说：“是我呀，哎呀，阿姨是我呀。”

母亲说：“我不认识你的。”

全小乙说：“你怎么会不认识我？你这不是说瞎话吗？你让我在这等一下，汤瑾诗回来了你就认识我啦。”

母亲发怒了：“我说了不认识你就是不认识你，走走走！”

然后是一声响亮的关门声，接着是全小乙踢踢踏踏的脚步声。汤瑾诗赶忙撤出楼洞，躲在一棵梧桐树后面。全小乙蔫头耷脑地出来了。以前的全小乙，虽然谈不上体面，但也自有一股精干利落的样子，如今，他已经完全是一副落魄相了，灰头土脸，萎靡不振。人的表情也是有一身衣服的，有的人很光鲜，有的人，就很褴褛。全小乙表情的衣服现在就褴褛毕现，让人能一下子看到可怜的灵魂。汤瑾诗在树后目不转睛地窥视着面目全非的全小乙，心中出现一种同病相怜的情绪。直到全小乙消失在视线里，汤瑾诗才郁郁地上了楼。

母亲得意地对汤瑾诗说："刚刚有个人敲门，我一看就是个坏人，他还说认识你，我才不信他呢，我把他赶走了。"

汤瑾诗放下东西，走到窗口向下望，就看到了那个"坏人"正蹲在小区门前的路沿上。

汤瑾诗一声不响地进厨房做饭，菜刀加倍地剁出抑扬有致的节奏。母亲兴冲冲地跑到厨房里来，手里拿着本东西，指在上面对汤瑾诗说："这个明星我认识，是我们家的邻居，你那时候太小，恐怕已经不记得了。"这本东西是全小乙以前留下的，全是些关于他的剪报，被他收集在一起，很隆重地装订成册。汤瑾诗顺着母亲的指头看，那上面的仝小乙的确很陌生，似乎是个虚拟出来的舞台角色。

吃过饭汤瑾诗陪母亲一起看电视。电视早已经被汤瑾诗动了手脚，遥控器藏起来了，频道只固定在几个中央台上。

母亲对此很惊讶："你的电视太落后了，连湖南卫视都看不到，为什么宁可买辆车也不买台好一些的电视呢？车再好，也是摆在外面让别人看，电视可是摆在家里让自己看的啊。你这就是虚荣。"

汤瑾诗很烦躁，顶撞道："这根本就是两回事，你东拉西扯的干什么呀？想训我，你找找合适的理由！"

母亲不说话了。过了一阵，汤瑾诗开始为自己的态度后悔，一回头，却看到母亲坐在沙发里打起了盹。汤瑾诗的眼泪一下子就滚了出来，泪眼婆娑地望着母亲发呆。汤瑾诗和母亲长得还是很像的，此刻，汤瑾诗仿佛看到了自己年老时候的样子，臃肿，垮塌，不可收拾地堆在沙发里假寐，嘴角挂着亮晶晶的涎水。汤瑾诗灰心丧气地想，母亲这样思想很好的人，最终都难逃一派狼藉的局面，那么，自己这种有着"坏思想"的人，还能够有什么指望？绝望啊，汤瑾诗想，真是绝望！

就不要再温习科学定律了，现在的汤瑾诗已经领会到科学的精神了，两个字：绝望。

当天的节目汤瑾诗没有看。但节目造成的后果立刻波及汤瑾诗。当晚就有几个平时不近不远的朋友打来电话，谁也不提节目的事，虚与委蛇，哼哼哈哈的，最后无一例外地让汤瑾诗“保重”自己。这种关怀当然是荒谬的，既然科学定律摆在那里，“保重”之说就是反动的，有螳臂挡车之嫌。让汤瑾诗略感意外的是，前夫居然也来电话了。前夫毕竟是前夫，开口就说：“我在电视里看到你了，你要坚强些。”汤瑾诗有些感动，不禁想起这个男人的诸般好处。既然“更糟”是个趋势，那么回望反而是好的，这似乎是个可以被推导出来的结论。

第二天，汤瑾诗去地下车库开车，那个保安直直地盯着她看，然后突然醒悟过来似的，换上一张兴高采烈的表情。汤瑾诗目不斜视地把车从他眼前开过去，那车速，就是一种凛然的车速。汤瑾诗知道，从现在起，自己就必须习惯这种兴高采烈的表情了，全世界都将换上一副兴高采烈的表情，而她，将凛然地“正面较量”之。

汤瑾诗到康至办公室时，周瑶石已经到了。康至把窗帘拉上，开始播放昨晚的节目录像。汤瑾诗很平静，因为这里的气氛太像一场会议了。节目没有太多超出预告片的内容，更多的是艾小娥的哭诉，那个身兼主持人的女制片人很会“因势利导”，虽然没有明确的结论，但所有问题的设计都带着鲜明的倾向性。节目在最后给观众留下一个问题：

“骰子王”为什么移情别恋？是看上女干部的财富了吗？显然，这个答案不能令人信服——“骰子王”身怀绝技，并不缺乏兑现成财富的条件。也许，更深处的原因，只有当事人才能明白；也许，在这个情感大范围贬值的时代，连他们自己都说不清楚是如何踏上了这条崎岖的情路……

汤瑾诗觉得节目总结得蛮好，“如何踏上了这条崎岖的情路”，自己的确是说不清楚。

在这一刻，一个重要的事实发生了，那就是，节目触动了汤瑾诗——“骰子王”为什么移情别恋？汤瑾诗想到仝小乙种种魂不守舍的样子，的确是有些“爱”的嫌疑。然而“爱”这个字一旦闪现，就让汤瑾诗有种隐隐作痛的迷惑。要知道，这之前汤瑾诗压根儿没有把

“爱”和全小乙联系起来想过。在汤瑾诗眼里，“爱”这条线太粗了，简直就是绳索，根本穿不过全小乙这个小小的针眼。

康至总结道：“现在，我们可以开始诉讼程序了。我将委托专业机构对本次节目的收视率进行调查，我们希望它越高越好，那样，我们的诉讼请求反而会更有力。”

周瑶石微微点头：“对，这符合辩证法。”

然后他们一起看着汤瑾诗，真的像是会议一样，需要每个人都表表态。而汤瑾诗，也真的像是在会议上走神的人一样，抱歉地向大家笑了笑。

周瑶石体贴地说：“小汤的压力是太大了，不过还是要调整好自己的情绪——我看，这件事告一段落后，你们就抓紧把婚事办了。”

照例，接下来要一起吃顿饭。

汤瑾诗觉得自己有些头重脚轻，像在单位请假一样地对周瑶石说：“周局，我母亲在我那儿，我要回去给她做饭，先走一步好吗？”

汤瑾诗出来的时候有种重见天日的感觉。她并没有回家，而是驱车驶向了郊外。开出城三十多公里，有一片很大的水塘，汤瑾诗以前来过，记得这里很安静，运气好的时候，还能看到些水鸟。

今天的运气显然不太好，汤瑾诗到了的时候，不但没有看到水鸟的影子，天空也突然阴沉下来。

汤瑾诗拉下拴手，把座椅放倒，躺在车里。

过了一会儿，太阳从云里钻出来，将一条明亮的光柱直直地射进车窗，正好戳在汤瑾诗的脸上。汤瑾诗闭着眼睛，眼皮上跳动着细碎的光斑，像被人调皮地逗弄着。

这时候汤瑾诗想起了童年的一些往事：哪一次和全小乙捡了只野猫啦，哪一次和全小乙结伴去公园，结果双双失足落水啦，也是诸如此类。这些事本来在汤瑾诗的记忆里并不如何深刻，不是全小乙重复再三地说，汤瑾诗基本上是记不起的。但是现在，汤瑾诗自己想起来了，而且比全小乙讲的更详细。譬如，那只野猫一直养在汤瑾诗家，后来它却再次出走了，而且是一去不复返；那次落水的后果是，他们两个人不得不把裤子脱下来，迎风招展，力图快些晾干……

汤瑾诗躺在车里回忆这些事，体会出了全小乙热衷于回忆的妙处。原来，回忆比展望要可靠得多，如同沐浴在一首诗里，被赞美和奖赏，能够让人和煦，给人一种自在的安宁。

汤瑾诗在回忆中迷迷糊糊地睡着了。后来手机铃声吵醒了汤瑾诗。是康至打来的，说他刚从汤瑾诗家出来，问汤瑾诗在哪儿。汤瑾诗随口说明了自己的位置，然后继续闭上眼睛睡觉。

我们的汤瑾诗疲惫了。此刻，她不想动任何脑子，好像灵魂出窍了一样。

等汤瑾诗再睁开眼睛时，就看到了康至。康至坐在汤瑾诗车里，自己的车停在旁边。猛然间车里多出个人，汤瑾诗当然被吓了一跳，等看清楚是康至时，就有些犹在梦中的感觉。然而梦到康至，是一件多么奇怪的事啊？

汤瑾诗没头没脑地笑起来，用一种梦的语调问康至：“你怎么来了？”

康至不回答她，眼睛望着车外的水塘说：“嗯，是块好地方。”

汤瑾诗就不再问下去了，恍惚地望向水面，有些虚无。

一刻后，康至开口说：“你告诉我，你和那个全小乙是清白的吗?”

汤瑾诗依然望着窗外。这个问题让汤瑾诗很激动，心里像被烫了一下，霎时充满了千回百转的忧愁。汤瑾诗暗暗地想，终于有人对这个问题表现出兴趣了，就是说，自己的清白与否，并不是无足轻重和可以被忽略不计的了。

汤瑾诗说：“不。”

说出这声“不”的时候，汤瑾诗的眼泪再也忍不住了。

“为什么？怎么会和这种人搞在一起?”

“和他在一起，我觉得，嗯——”汤瑾诗像是在呓语，她竭力在寻找一个恰当的形容，而找出的这个理由，又仿佛脱口而出，她说，“自己是在被赞美。”

康至的头转过来，看着汤瑾诗：“嗯，谢谢你对我说出实话。这很重要。”

“很重要?”汤瑾诗觉得自己的心在抖了。终于，自己的清白成了“很重要”的事！汤瑾诗多么希望这个男人严厉地把她拷问下去，哪怕，一直把她拷问到需要忏悔，那么她就要像个叛徒似的变节，哭喊着请求被原谅，甚至，她会毫无保留地连周瑶石也和盘供认出来，然后，发誓忠贞不渝，洗心革面，把生活树立成光明磊落的样子。

“是的，很重要。如果对方在法庭上拿出不利于你的证据，我们会很被动。在我看来，最有可能对你形成不利的因素，就是这个全小乙。他是个潜在的危险。所以，我想知道你们究竟是什么关系。”

汤瑾诗做一个叛徒的渴望被粉碎了，桥塌路断，说是心如死灰都不为过。原来，康至所说的“重要”，依然是他的职业标准。

“那么，现在我危险吗?”汤瑾诗揶揄地问。

“这取决于全小乙，如果他站在你的立场上，那么，你就是安全的——你想一想，有没有什么证据在对方手里，比如，信件，短信?”

汤瑾诗认真想了想，结果是：没有。汤瑾诗有些遗憾，有些失落。自己和全小乙这算是什么？连个“证据”都没留下来，即使有那些身体的“孟浪”，有那些“被赞美”的况味，也都是没有“证据”的，是无效的。汤瑾诗别出心裁地想，自己手里倒是有康至的“证据”，前段日子堕胎的各种单据全部被她很好地保存着呢。

康至等不到她的答案，就做出了相反的判断："你最好设法接触一下仝小乙。劝他不要节外生枝。你告诉他，事情弄到今天这一步，只能用法律手段来调整了，让法律把他妻子制造出的混乱平息掉，这样，对你们两个人都是保护，你们都需要法律用判决书来给你们平反。这就是法律的意义，虽然它很难在事先建设什么，但它可以在事后进行修复。至于对于他妻子的追究，我们会控制在一定范围内的，只要法庭做出判决，私下里，我们可以不要求她执行。"

汤瑾诗觉得自己坐在课堂上。康至呢，是在讲一堂生动的课。去芜存菁，要点是以下关键词：节外生枝，调整，平息，保护，平反，建设，修复，控制，判决，私下里。后来康至俯下身子吻她的时候，身体弥漫出肃杀之气的汤瑾诗看到，有一只水鸟像预示着好运气般地，落在了平静的水面上。

康至的身体压过来，从汤瑾诗的角度看，这只好运鸟似乎就站在康至的肩膀上。

五

现在，汤瑾诗有了充分的理由去和仝小乙见一面。

表面上，汤瑾诗是按照康至的意思，去劝劝全小乙“不要节外生枝”，实际上呢，汤瑾诗也有见一见全小乙的愿望。这个愿望是在她望着康至肩膀上那只幸运鸟时蒙生出来的。

汤瑾诗有一个问题要在全小乙那里得到说明，那就是：“骰子王”为什么移情别恋？在这个情感大范围贬值的时代……如何踏上了这条崎岖的情路？这是《情感踪迹》提出的问题，也是汤瑾诗的问题。

汤瑾诗打电话给全小乙，全小乙在电话里像濒临绝境的困兽一样发出呻吟：“你再不见我就可能永远见不到我了，哎呀，我快死掉了……”

汤瑾诗和全小乙如约来到了“浮水印”。服务生认出了他们，兴高采烈地为他们服务。

两人坐在窗边的位置上，秋天的阳光大面积地照在他们身上。阳光太好了，好到把空间都放大了的地步。阳光里的一切都明晃晃的，显得无比空旷，更映照出人的卑微。

全小乙形容枯槁，一双手放在桌面上绞来绞去，十根铁丝一般的手指眼看就要缠绕得不可开交了。

汤瑾诗心里有些柔软的怜悯，她说：“你不该动手打艾小娥。”

全小乙一脸的苦不堪言：“我没有打她呀，哎呀，她自己用头去撞墙，嗵嗵嗵，我挡都挡不住，我把她拖到床上，她一翻身，就去撞床板……”

汤瑾诗的心缩住，艾小娥那张笑盈盈的脸飘向她。

汤瑾诗说：“你把事情弄糟了。”

全小乙把头埋进怀里说：“我想好了，还是要和艾小娥离婚，我是对不起她的，我爱上你了，就不该再和她做夫妻了，那样的话，我就是不讲道理的人了……即使我们还在一起，也会一辈子都踏实不下，我会一辈子都不敢正眼看她的，我都不敢想，还喝她的鸡汤……”

汤瑾诗惆怅地看着他：“你爱我什么呢？”

全小乙说：“不知道哇……我也说不清楚，我就是很想你，以前我很喜欢和艾小娥睡觉，可是后来，我和艾小娥睡觉的时候想的就是你……我把艾小娥的身子想成你的，可是一摸，又发现不是，哎呀，不一样啊……”

泪水涌上了汤瑾诗的眼睛。她再一次感到了被赞美的滋味，但这个回答太不能令汤瑾诗满意了，什么“身子”呀“睡觉”哇，还是个“孟浪”的架势，完全没有达到汤瑾诗内心的指标，和她隐秘的渴望背道而驰。爱情依然还是条绳索，全小乙的针眼依然还是太小。此刻的汤瑾诗，形势有些模糊，位置，也有些错乱，她一反常态地有着一种“穿针引线”式的细腻，像凝视一枚针眼般的全神贯注——居然在甄别爱情了。

汤瑾诗把脸转向窗外，张大眼睛，仿佛是在晾晒里面的泪水。

全小乙鼓足勇气问：“你爱我不爱呀？”

汤瑾诗转过头，正视着他，认真地回答：“不爱。”

全小乙似乎并不意外，头重新埋下去。

汤瑾诗说：“我向法院起诉艾小娥了。”

全小乙吃惊地抬起头，迷惘地看着她。

此刻汤瑾诗心里是种恶毒的凶狠，有种要践踏什么的放肆和嚣张。这种穷凶极恶是没有来由的，起码，不完全是针对着全小乙的。汤瑾诗是对着包括自己在内的虚无发泄：“我的生活被你们全搞乱了！只有这样，用法律的手段才能修复！我还要工作，我还要生活，不能顶着这个罪名！”

“可是，你告艾小娥什么呀？艾小娥并没有冤枉你呀？我们两个人铜铜铁铁的事——”全小乙匪夷所思地说。

这下，汤瑾诗的恶毒和凶狠就是有针对性的了，她的脸都青了，觉得这个全小乙简直愚蠢到了混账的地步：“她没有冤枉我吗？她有什么证据？什么铜铜铁铁的事！——难道，你会去法庭上为你老婆说话吗？”

全小乙仓皇地摇头：“不会不会，我不会的。”

汤瑾诗不说话了，调整着自己的呼吸。

全小乙突然悲伤地哀求：“你能不能不去告艾小娥呀？这有些欺负人哪，我们明明对不起她了，你还要去告她，艾小娥要是输了官司，她会去死啊！”

汤瑾诗以一副“正面较量”的凝重摇摇头。

全小乙的肩膀塌下去，微微地在抖。这个“骰子王”不能够理解汤瑾诗的世界，在别人眼里，他的绝技堪称神秘，但他知道，那里面是有道理的，他的手每一下微妙地摇晃，都是在体现这种道理的精神，都是实事求是，都是铜铜铁铁的，所以，拉斯维加斯的骰子们才能规规矩矩地排列起来。因此，世界应该是讲道理的，是能够也应该去赞美的。可是现在，汤瑾诗不讲道理。

全小乙绝望地说：“我有两个问题：你不爱我，为什么要和我睡觉？我们睡觉了，你为什么还敢告艾小娥?”

汤瑾诗定定地看着他，是一种放肆完了、嚣张过了的曲终人散之感。

全小乙说：“这两个问题我搞不明白，死都不会甘心的。”

汤瑾诗懒洋洋地说：“那你去死死看好了。”

全小乙摇摇晃晃地站起来。他的右手一直攥成个拳头拄在桌面上。全小乙深情地看着汤瑾诗。汤瑾诗觉得这种深情很讨厌，转过头不去看他。全小乙在汤瑾诗眼睛的余光中离开了。汤瑾诗的眼睛一直看着窗外。窗外是一个宽阔的丁字路口，汤瑾诗看到全小乙从人行道上走下来，攥着拳头，若有所失地停在路边，有些拔剑四顾的模样。信号灯恰好在这时候变了，全小乙面前的车开始启动。本来，全小乙应该向后退，重新回到人行道上，但是他却突然向前跑起来。刹那，他被一辆小车弹了回来。随着全小乙腾空的一刻，一块光斑从他手中抛出，画着弧线落在了窗边。汤瑾诗只是茫然地看着这一幕。

“出事啦出事啦，撞人啦!”几个服务生叫着往外跑。

汤瑾诗像被钉在沙发里一样，纹丝不动地张大着眼睛。由于车辆是刚刚启动，全小乙应该被撞得不厉害，他还能从地上爬起来就是证明——他一爬起来就到处乱找，好像丢了比命更要紧的东西。围观者拥来，很快就把全小乙包围在里面了。

汤瑾诗的目光聚焦在自己眼前。她看清楚了，全小乙手中抛出的那块光斑，原来是那枚碎瓷。它就落在汤瑾诗的眼皮下，隔着玻璃，在阳光下七彩流转，熠熠生辉。汤瑾诗盯着它，漠然地想起，小时候自己和全小乙把那些瓷片拣出来时，其实是基于这样一种怀有某种赞美之情的朦胧的寄托：说不定有一天我们也会被一双大手从严酷的败坏中安然无恙地挑拣出来。